X局密档

SECRET FILES OF XSA

赖 继 著

四川人民出版社

图书在版编目(CIP)数据

X局密档 / 赖继著. -- 成都 ：四川人民出版社，2025. 5. -- ISBN 978-7-220-13992-5

Ⅰ. I247. 5

中国国家版本馆 CIP 数据核字第 2024C000D5 号

XJU MIDANG

X局密档

赖 继 著

出 品 人　　黄立新
选题策划　　徐晓亮
责任编辑　　郭　健
封面设计　　叶　茂
版式设计　　王　珂
责任校对　　舒晓利
责任印制　　周　奇

出版发行　　四川人民出版社(成都三色路 238 号)
网　　址　　http://www. scpph. com
E-mail　　scrmcbs@sina. com
新浪微博　　@四川人民出版社
微信公众号　　四川人民出版社
发行部业务电话　　(028)86361653　86361656
防盗版举报电话　　(028)86361653
照　　排　　四川胜翔数码印务设计有限公司
印　　刷　　成都勤德印务有限公司
成品尺寸　　145mm×210mm
印　　张　　8. 25
字　　数　　145 千
版　　次　　2025 年 5 月第 1 版
印　　次　　2025 年 5 月第 1 次印刷
书　　号　　ISBN 978-7-220-13992-5
定　　价　　49. 80 元

本书纯属虚构，如有雷同，大家懂的。

谨以此书，致敬无名英雄。

——赖 继

再版自序

请永远感谢不懂事的自己

写这本小说的时候，我记得是 2017 年，转眼 6 年时光过去，发生了很多事。我一直都不擅长在作品里写故事之外的东西，记忆中只在《宿敌：山河无名》里写过一篇后记，在《九歌：岁晏孰华》里写过一篇自序。

我一直觉得故事就是一个独立的世界，它已经将我想要表达的所有东西完整呈现，应该就不需要再继续赘述自己的创作心路，这些很耽误阅读，现代生活，大家都很忙，没时间。

我一直没能很好地描述时间到底是个什么样的东西，它走得比任何交通工具都快，也比任何武器都无情。写这部小说的时候，我刚刚过而立之年，尚不知道人间疾苦，一味像根疯长的秸秆，成天把梦想挂在嘴边，以为男人永远是个少年……这些理想主义和情怀被无限放大进了最初版的《国安局密档》。

很多读者从名字来看，误以为这是一本秘事记录，引发了猎奇心，实在抱歉，这本书只是讲了一群怀揣梦想的年轻人的热血故事。

什么是热血故事？如果用年轻人喜欢的漫画来形容，它是《航海王》《火影忍者》，甚至可以是《圣斗士星矢》，它就是和年轻人谈梦想、谈青春、谈勇敢、谈爱情……拥有特殊才能、充满锐气的年轻人聚在一起，为了共同的理想奋斗，这本身就是非常带劲的故事。

特工题材的作品流行了很多年，有很多超现实的叙事，詹姆斯·邦德到处飞，阿汤哥各种上天入海，这样的故事，好莱坞谈得，西方谈得，我们为什么谈不得?

人的认知是一个发展的过程，修订自己的作品，需要不小的勇气，回头再读自己多年前的作品，有时候会发笑，仿佛看到自己当年的不成熟。

这本小说再版时，它的影视剧集已经杀青待播，经历了漫长而痛苦的创作，终于要和大家见面。在它的影视改编过程中，我的导演、制片人、主创团队都付出了巨大的努力。小说的影视改编可以追溯到2017年底，领我入行的老友在一个秋意很浓的日子，把我邀请到了北京，告诉我他准备着手拍摄本书同名电视剧的想法。

然后就开始了漫长的改编过程，磨剧本、送审查、找投资、找播出平台……好不容易开始拍摄了，又遇到了三年疫情，从2017年开始落笔影视策划案的第一个字开始，到2023年10月取得播出许可证，其间的艰辛和曲折，外人无法想象!

2021年剧组在成都开机，多次遇到疫情封控，我对导演开玩笑说，这应该是你拍过最艰难的剧集之一吧。导演说，请你把“之一”去掉。

记得最初开始着手剧本创作时，我每周搭乘飞机往返北京和成都，和剧组小伙伴一起开发剧本。剧组在北京上康城 C 座 6 楼租下一间巴掌大的工作室，后来我才知道上康城是许多编剧驻扎剧组的公寓，许多码字人在这里炮制本子，有的本子能出来，有的本子出不来，人也是一样。

梦想有时候能激励人，有时候则将人困死。当时的我，就像故事里的小年轻一样，怀揣梦想，不计疲累，和朋友们在一起奋斗，在闲暇之时能在天台吹风喝啤酒。我不记得在上康城经历了北京多少个季节，最好的秋季，最冷的冬季……这部剧中途搁浅了几次，突如其来的挫折差点把所有人的信心毁掉，真要感谢咬紧牙关挺到最后的伙伴们。

从 2017 年到 2023 年，同名剧走了好一段漫长的路，感觉像已过了一个世纪。这些年里，我经历了很多事，男人的三十岁应该是个分水岭，在三十岁以前，仿佛没有烦恼，经历都是美好，而三十岁以后，经历的就多了起来，内卷、压力、消耗、责任、负担……甚至生老病死等都会一一光顾。哪怕是单纯地在天台约上三五好友谈天说地，从前的快乐也好像再也回不去。

没有哪个人是里外光鲜，各有各的难，各有各的考验。有些遭遇，只是不说而已。那就保持着勇敢，继续挑战人生吧，像故事里乐观的主人公一样!

人生大抵是没有重来的机会，这世界上最难买的可能不是后悔药，而是修改器。这些年文字功底有了小小进步，回头来看当年的版本，到处都想改改，可是我的编辑问我：你真的确定要全部“推翻”自己吗？没有人是起步即巅峰的，山脚的风景也是风景，那是你的年轻，也是你的过去，你只需要以对读者负责的态度，修订文中的硬伤、纰漏和失误即可。

饶是这般道理，我仍然用了三个月来修订这部小说，我想在保持初心的基础之上，做一些雕琢。在动手之前，我征集了很多读者意见，对提出修改意见的读者我表示由衷的感谢。再版的文本一定会比以前好很多，故事的结构和逻辑也得到了提高。如果再有问题，那就……期待下一次修订吧。

当然，这个故事依然只是一个给年轻人看的热血故事，仅此而已。二十几岁的心路即便有些幼稚，却也是真真实实的人生，如果都用六十岁的阅历去修订它，整齐划一，事后诸葛，那岂不无趣极了？

幸好还有各位前辈帮衬，止一堂晓亮兄在我困顿之时，为我指明创作道路。四川人民出版社黄立新社长、编辑郭健老师“抢救”了我的文字。

谢谢引我入行的老郑，谢谢不离不弃的导演琦哥，谢谢玖哥、开珞、航姐、冯帮主、吕玥姐、琳琳姐、柽柽、猛哥、思琦、曲教授、徐磊、俊策等伙伴们为剧集改编付出的所有努力，也谢谢谷嘉诚、尚语贤、林永健、许文广、赵仁杰、叶倩等演员倾力演绎我的角色，余不一一。

永远要感谢年轻不懂事的自己，为了梦想做的一切，哪怕是些不成功的蠢事，都会变作自己最好的记忆，成为支撑后面人生漫长黑夜中的光。

希望大家都好好的，与读者诸君共勉。请多多关注我的小说和影视剧，谢谢。

目 录

楔子

孙德志走在大街上。

城市的路面干净又整洁，两旁已经黄透的银杏叶随风飘落。

他大步走，迎着秋风，他身上的夹克衫稍微显得有些单薄。他有些紧张，经过星巴克咖啡店红色砖墙转角的时候，点燃了一支烟。

孙德志的右手一直揣在夹克衫的兜里，而夹克衫的内兜里，有一个优盘一样的微小物件，他过于紧张在意，仿佛兜里装载的，就是他的全世界。他走到了指定的接头地点，那里有一棵硕大的银杏树。银杏树正对着街对面的面摊，面摊旁围着无数赶着上班的工薪族，正在解决一天的早饭。

面摊老板是个憨厚的中年男人，他熟练地应付着购买早饭的人们。中年男人偶尔一声吆喝："今天还是照旧?""担担面还是抄手?""哟，你吃不了那么多，半碗就够了。"

孙德志远远看着这个生意火爆的面摊。面摊上烟雾腾腾，这画面萌发的热意给了这个秋天一丝温暖。这种路边的早餐，孙德志是不屑的，他的成就已经配得起他享有的一切优渥待遇。

温暖的路边摊，更反衬出这个秋日的清冷。

孙德志内心也是寒冷的，他知道自己已经回不了头，他只希望这一切快点结束。四十出头的孙德志，正如他的名字一样，志得意满。他已经成为西川省330号军事科研所的首席工程师，锦绣的前程、同事的尊重、领导的认可，不论物质还是精神，男人追求的一切，他都得到了。

他从容不迫的人生里，从来没有出现过这几日的慌乱。用他自己的话来说，那就是，他遇到了魔鬼。

孙德志在接头地点隐蔽了起来，他拿起一张报纸，看了一眼，随即觉得乏味。这是一张免费发放的报纸，他无心细看。但手足无措焦急等待的他，只能拿着报纸，假装在看。他觉得，若是不看报纸，他就无所适从，他就无法回避周围无数双盯着他的眼睛。

他看了看表，8点整。

47路公交车正好经过他的身边。他忽然觉得一阵眩晕，报纸一滑，就要落地。孙德志努力弯腰去抓住报纸，这可是他唯一的伪装道具。

他的手在触电般颤抖，终于从夹克衫的衣兜里伸出，用力地按住了胸口。

孙德志只觉胸中一口闷气，无法呼出，随即瘫倒在地。路人开始围了上来，他听见围观者的议论。他想要大声呼救，可是嗓子里像是被什么堵住，他只能发出一些嘶哑的声音。

孙德志的目光努力透过围着他的人群黑影，看见澄净的一角天空，云层里是一道即将破云而出的阳光。那阳光终于从云层中射出，穿过头顶密布的银杏枝叶时，闪耀出阵阵光晕。

孙德志用尽最后的力气，将手伸进夹克衫的内兜里，他想要摸出兜里的东西，这东西如此重要，该托付给谁?

他吃了一惊，面色煞白，仿佛生命已经被带走大半。夹克衫衣兜里空空如也。

阳光终于照到了他的脸上，他从来没有在这个角度仰视过太阳，他眯着眼睛，却又不敢闭上，似乎在贪恋着他在人世的最后一束阳光。

01 任 务

机场广播里播音员的声音响起，又是一架国际航班落地，霍敏在机场等候多时了，他实在无聊得紧，唯一消磨时间的方法，就是看一会儿手机上的电视剧。

霍敏这个名字，像个女性的名字。但凡叫什么敏的，多半都是女士，比如淑敏、敏君……当然，“敏”字也有敏感的意思。

霍敏的名字中，就是敏感的敏。

这个正在看剧的霍敏，却是货真价实的男青年，他刚大学毕业不久，青涩未脱。仔细看他，面容平静，不显山露水，丢在人海里，就会被淹没。

电视剧里出现了高潮，男主角开枪了！两名窃取国家机密的犯罪嫌疑人开始逃窜。

飞机场的广播又响了起来。一个熟悉的航班号钻进了霍敏的耳朵，霍敏像触电一样，迅速关了手机，摸了摸包里的装备。

他知道，任务来了，他如临大敌，浑身是劲。

西川省国际机场很大，国际航班到达的出口有六个，各个出口距离较远。机场明亮的灯光映照着接机口形形色色的人们焦急等待的面容。

此刻的霍敏脚步加快，他那件卡其色的短夹克下，藏着一个长长的圆筒状物。他选择了一个绝佳的位置隐蔽起来。他快速组装自己手里的“圆筒”，调整各种数据，整个抵达口都在他的视线之内。他感觉自己心跳在加快，他像是狙击手一样，等候目标的到来。

等待猎物的过程是难熬的，霍敏感到自己额上冒出了汗珠，他保持手上的力道，他的手一向很稳。可是，这“武器”太沉了。霍敏幻想着就像当年在大学宿舍里玩 CS 游戏一样，用高倍狙击镜瞄准恐怖分子，然后一声枪响，弹壳从“抛壳口”飞射而出，一枪爆头的快感如电流般走遍全身。

二号国际到达出口里陆续走出来几个金发碧眼的人。他们戴着墨镜，穿着黑色风衣，表情冷酷，像是电影《黑客帝国》里走出来的人物。其中有一人望向霍敏的方位，隔着墨镜，霍敏也能感到阵阵压力，他假装漫不经心地看着手中的杂志。“黑客帝国”的眼神随即又落到了霍敏旁边的肯德基上，他咽了下口水，喉结轻轻动了一下——原来是在找吃饭的地方。

“黑客帝国”就要离开。机不可失，一旦他们走出机场，霍敏的任务，就要宣告失败！霍敏将杂志轻轻架起以作掩护，他端起了手中的装备，瞄准了他们的头部……

“咔嚓——”一声轻响，一张清晰的照片出现在相机的显示屏上。

霍敏长舒一口气，就像“碟中谍”阿汤哥的口头禅：“Mission accomplished！”他也对自己说道：“打完收工！”仿佛所有紧张的战斗情绪，都随着相机的一声轻响被带走。在握紧相机的那一刻，他入戏太深，连自己都以为手中端的是一支能杀敌的狙击步枪。他心中一阵空虚，觉得无聊、乏味极了！

手机里传来侦察处长李正阳的信息：“妈妈叫你回家吃饭。”这是暗语，就是“收队”的意思。

霍敏也不理他，收了相机，桌上咖啡还没喝完，他慢慢品尝，打开手机，把剩下的半集电视剧看完，里面男主角继续率领着国安局的侦察员追击凶手。他不仅打不死，还弹无虚发、大智慧大理性，头上笼罩着主角光环，剧中一众女角对他崇拜得近乎疯狂，恨不得立刻就嫁给他。

这个剧的推理出了一些问题，不过好在除了霍敏这样的专业人士之外，只有少数有脑的观众看出了漏洞。霍敏看了看手上的相机，又看了看手机里的画面，动不动就是泄密危机，动不动就是死亡追凶。他长叹一口气：“这些国安剧，都是骗人的！”

02 测试

西川省的秋天很漂亮，道路两旁随处可见一排排银杏树，银杏叶黄了，给城市披上了金黄的外衣。风起时，树叶飘落，一地金黄，踩上去，厚厚的银杏叶会发出秋天干燥的声音。

西川的省会城市——锦城，自古就有“银杏少城”之称。数朝帝王，都有手植银杏留于后世的传统。锦城外，向北十五里，有一座白马寺，寺庙里的九子银杏树已经长成参天之势，蔚然大观。九棵同根的银杏树自明代开始就纠缠在一起，应和着寺庙内的青青绿绿，像在昭示着人间的相遇与别离。

锦溪之水从白马寺背后而来。锦溪是一条河的名字，它的源头在唐古拉山脉。秋天的锦溪，河水里也带着片片银杏叶。锦溪流入锦城，自西而东，锦城的人围着锦溪修建了锦溪公园，自古以来这里文人墨客荟萃。沿着锦溪公园向南走，经过滨江路，依然是排排银杏列道两旁。

银杏黄时，秋意正盛！

霍敏坐在副驾座位上，抓起相机，不停拍摄。他不多言语，只是细细品味这锦城的风光。“土包子，锦城最美的，不是白天，是晚上!”陆晨一边开车，一边奚落霍敏。陆晨是锦城本地人，和大多数锦城人一样，陆晨也从来没有“本地人”的优越感。这种风气，也使得锦城成为有名的包容城市，从各地来到西川省的人才，都能在锦城找到归属感。

陆晨这样说，不过是因为喜欢拆霍敏的台。霍敏是西川省三江市人，大学毕业后参加工作才来到锦城。他们二人同时被招录进了单位，虽然来自不同的院校，但由于年纪相仿，非常聊得来。陆晨家住得远，于是和霍敏在单位附近合租了房子，两人上下班一道，形影不离。

在招录进国安局之前，霍敏对这个部门并不了解，在政法大学的教科书上，只会提及它是一个特殊保密单位，其职能在于维护国家安全，打击情报窃密、渗透颠覆等违法犯罪。在有的地方它会和公安部门一起挂牌办公，有的地方它根本不挂牌，至于机构和运行方式，外人更是一概不知。

每到毕业季，青春焕发的毕业生拥向各种大企业的招聘会，国安局则隐于暗处，静静观察，物色人才。一经选定，将会经过严格的招录流程。

霍敏毕业于西川邻省的政法大学，这所大学的法律系很有名，出了不少杰出校友，近年来势头正劲的辩护大师徐正义，也是毕业于此。霍敏在学校里，倒没有太多法律理想，他的人生规划早早就已经定好，他的父母，经营着一家小超市，父母希望他毕业能考个公务员，从此旱涝保收，不用大起大落，实在考不上，也没关系，大不了回家接手父母的生意，过点安稳日子。所以对于他来说，大学大学，就是大概地学一学。他被招录进国安局，根本就是一场意外。

在经历了保密教育和各种特殊训练之后，霍敏和一众青年精英一起，正式成为国安局的干警。国安局的工作是神圣的，也是保密的，但保密不等于神秘主义，在国安局里工作的人，并不像故弄玄虚的文艺作品里说的那样，要瞒着自己的家里人。实际上，只有在执行一些特别任务的时候，才会对身份和任务进行严格保密。

霍敏在被招录进局时，恰遇局里有一个特别任务。一个境外组织试图以商业公司的名义在中国境内建立据点，正在招募数名法务人员。为了侦察清他们的目的，局里需要有人打入这个公司。霍敏不光面生，而且具有法律背景，这可真是天然的掩护身份。于是霍敏按照保密守则，对女朋友刘芸和自己的父母隐瞒了自己的身份，只说自己去了锦城，在一家不起眼的律师事务所上班。

这个初级的任务持续了很长时间，在这期间刘芸和霍敏分手了，刘芸自始至终都不知道霍敏的真实身份。

陆晨是土生土长的锦城人，胖胖的体形让人联想到《哆啦A梦》里的胖虎，西川大学电子系的尖子生，他还拥有超赞的车技，这样的复合型人才，一眼就被处长李正阳看中。

"怎么样？任务完成了吧？"陆晨问道。

"你说呢？"霍敏回道。

陆晨心里清楚，霍敏才不喜欢出这种枯燥无聊的任务。但不可否认，霍敏天生是干业务的料，他安静起来，可以好几天不说话，待在一个地方，沉下来，细细地观察，细细地分析。这种心性，根本不像二十几岁的年轻人。

陆晨拉长了腔调："得了吧，我才无聊呢！你好歹还在里边喝咖啡，我在停车场里傻等半天。我都想先回了……"

霍敏一边翻动相机里的照片，一边听陆晨说话。

陆晨问："拍这些没劲的东西，有什么用啊？"

霍敏道："别忘了工作纪律啊！"

"我知道——不该问的别问嘛！"

今天的任务，上级根本没有交代工作内容。一大早，霍敏和陆晨就被上级叫了过去。两个人，一台车。一个航班号，拍下几个指定目标的正面肖像。

这就是任务的全部内容。

"我觉得你入错行了。你适合去搞摄影，你挺适合搞创作的。"陆晨道。

霍敏道："我去你的，我要是把这话报告李处长，他非剖了你不可。"

"你敢……"

"喂，你是怎么进这个单位的？你喜欢干这个吗？"陆晨又问。

霍敏陷入深思，他入这行，故事可长着呢，一两句话根本说不清楚。

“什么时候帮我拍个人。”陆晨神秘地说。

“谁?”霍敏问。

陆晨从衣兜里掏出一张照片，照片角度不大好，看得出是偷拍。霍敏接过来一看，照片里的女孩很是俏丽，有些眼熟。“这是……那个什么演员……前阵子秀马甲线很正能量那个?”

陆晨道：“咳！不是，你说的那个是袁姗姗。”

“这很像啊!”

陆晨道：“她也是叫‘珊珊’，不过是‘罗珊珊’，这是和我们一批招录进来的同事啊！这可是新扎师妹。”

“哦。”霍敏并不关心。他这才想起，怪不得眼熟，这女生是和他们一批招录进侦察处里的警花罗珊珊。他看陆晨神色，就知道这陆晨定然是暗恋人家，偷拍了一张照片随身带着。

“你盯梢拍照这么牛，帮我偷偷拍一张她呗。”陆晨恳求道。

霍敏道：“嗯，明早牛肉面。”

“我请！我请……”陆晨一脸喜悦。

陆晨又问霍敏：“你不觉得罗珊珊漂亮?”

“嗯……”霍敏不知道该怎么接话，“没觉得漂亮。”他说这话的时候，想起了他大学里的女朋友刘芸。他记忆中的刘芸，大大的眼睛，皮肤白皙，说话很温柔，是典型的江南女子。她喜欢穿着一身素白的裙子，在校园里简直就是一道风景。说实话，陆晨的偷拍技术有限，罗珊珊真人要漂亮得多，双目有神，柔中带刚，每一寸皮肤都透射出强大的活力，她比刘芸有魅力，大概因为是初恋，霍敏总是对刘芸无法释怀。

“没劲。”陆晨忽然沉着脸，“哎，听有的同事说啊，罗珊珊挺关注你的，她不会是暗恋你吧？你可别跟我抢！”

陷入暗恋中的人，见谁都像情敌。霍敏叹口气：“你才没劲呢。我对这小妹没兴趣。”霍敏这才意识到，好像这罗珊珊在工作上，有意无意地，是挺关注自己的。他一直没多想，此刻被陆晨点破，稍稍有些惊讶。君子不夺人之好，何况他对罗珊珊也没有感觉。

二人正说着话，车已经行驶过了南滨江路，穿过银杏广场，又行了约莫三分钟，穿过层层隐秘的树林，一座铁青色的大楼出现在眼前。大楼静默威严，门口没有挂任何单位的牌子。

处长李正阳已经在办公室等候多时了，他没有预料到霍敏会喝完最后的那杯咖啡：“怎么这么晚？”李正阳的声音和他的长相一样，都是冷峻的。

李正阳的冷峻，让人心生寒意。

陆晨和霍敏一进屋，首先看见的是李正阳案头堆起的厚厚的案卷，那是一个个大案要案，可这李处长就是不让他们上案子，两个年轻人看得心里痒痒。

陆晨随口编道："航班延误……"

"还敢骗我！航班抵达时间我这里还不清楚吗？你们两个怎么回事，接到收队指令，居然还敢逗留！我们是纪律部队，懂不懂啊?!"

"哎呀，李处，都怪我，我从停车场出来，找不到出口。"陆晨立马回个圆场。

李正阳道："你别给他打圆场，我就知道霍敏这德行！作为一名国安干警……"

"作为一名国安干警，令行禁止非常重要，对吧?"陆晨接口道。

"闭嘴!"李正阳脸色不悦，陆晨马上收了声。

"任务完成得怎么样?"李正阳回到了正题上。

"相机我已经交给内勤小罗了，他一会儿就……"霍敏正说着，小罗就进来了，他已经将数码相机里的照片都打印了出来，依照先后顺序，放进了文件夹里，送了进来。

李正阳一边慢慢地看照片，一边问道："怎么？不喜欢干这个?"

霍敏和陆晨不敢说话。

"觉得不刺激?"李正阳继续翻照片，从神态上，倒是能够看出他对霍敏拍回的照片还是很满意的。目标清晰，正面、侧面都有，不放过任何一个细节——年轻人里能这么仔细的，应该不多。

“还是觉得太简单，委屈了二位啊?”他提高了一个声调。

霍敏终于开口道：“李处，真的太没劲了……”

李正阳抬头看他：“那什么才有劲？低调隐蔽，是我们的作战风格!”

“我们要上案子!”陆晨说道。

李正阳一愣：“年轻人就是太热血，冲动不是好事啊……你急什么急?”

霍敏知道再说下去也没用，他换个话题：“照片有问题吗?”

“没有，很清楚。”

“那我算是完成任务了吧?”

李正阳忽然盯着霍敏，一字字道：“不，任务才开始。”

霍敏和陆晨均是一愣。

李正阳重新靠在椅背上，问道：“你们不是想上案子吗?告诉我：拍摄目标前面的一个旅客，是什么人？能说对，马上就上案子。”

陆晨张大了嘴巴，这不是玩人吗？早上交代任务的时候，只说拍摄这几个“黑客帝国”啊!

李正阳悠悠道：“就这样……还想上案子?”

“前一个旅客，是一个留学生，他穿着红色的长外套，黑色运动裤。”霍敏回答。

陆晨睁大了眼睛。

李正阳问：“你怎么知道他是留学生？”

霍敏对答如流：“他身后背着包，包上有一个不起眼的logo，是国外一所名牌大学。他走出出口时，神情如常，显然熟悉此处，不像入境游客，而且现在正是假期，他应当是回西川老家。”

李正阳又问：“哟，接着说。”

“此人脚上一双登山鞋，前鞋头磨损厉害，他的背包下沿，有一处红色泥痕，是红石泥泞，不易清洗，此人来自大洋彼岸，想必近期去过山地桑德公园，在这个季节会去登山的，应当是个户外运动爱好者。”

陆晨心中暗生佩服，这霍敏看着什么都无所谓的样子，其实拥有超强的观察力和分析力。

“左顾右盼是侦察员的基本功啊……”李正阳提高了难度，“说说在拍摄目标之后，最后走出来的人吧。”

霍敏沉吟半晌。李正阳面露喜色，心想：“那个时候，你小子一定以为任务已经完成，正在看杂志或者喝咖啡吧？”

以为任务已经完成，正是松懈的时候，这个问题就难了。李正阳猜测得没有错，那个时候，霍敏正觉得任务没劲儿，拍完目标，就开始喝咖啡了。

陆晨喃喃道："坏了坏了，这真的是在玩人，这谁能回答得出来?"

拍摄目标离开后，还有人走出了抵达口。

霍敏闭上眼睛，思绪回到当时的机场，那里人潮如水，来来往往的人像电影回放片段一样，在他脑中过了一遍。忽然，一个橘黄色的行李箱，进入他的视线。那个时候他确实是在喝咖啡，但是他依然注意到了这个最后走出抵达口的人。

"那个人……不到三十岁，长得很帅……"他努力拼凑当时的信息，"对了！他拖着一只橘黄色的行李箱。他并不是一个人！那是一个女士行李箱!"

李正阳看着霍敏，等他给出最后答案。

"最后一个走出来的，不是这个帅哥，而是一名女子。后来，那名女子挽着他，她和他是情侣。"

李正阳问道："还有什么?"

"那女子身高 1. 6 米左右，上身一件粉红色羊绒紧身毛衫，下身一条干练的水洗蓝牛仔裤，身材姣好，但面色憔悴，似有心事。那男子身高 1. 8 米左右，一身修身黑西服，笔挺得很，他故作关心，嘘寒问暖，神情过于紧张，似乎别有用心。此人穿着讲究，西服袖扣非常精致。"

"嘘寒问暖就是别有用心啊？这判断会不会太主观了？你难道没有追过女孩子?"李正阳笑道。

霍敏脸上浮现一丝不易察觉的尴尬，说道："不，他和她一前一后走出抵达口，他撇开她，用手机发了一条信息，那女孩儿上前来的时候，他赶紧关了屏幕。”

“这你都捕捉到了？”陆晨道，“敏哥，你不是吹牛吧？”

霍敏道：“我对自己的观察力，有信心得很。”

李正阳道：“从你走进机场，一共播报了多少次航班抵达？”

霍敏闭上眼睛：“一次、两次、三次……”他拿出手机，看着之前的播放记录，那一集电视剧的播放时间是45分钟，他对了下时间，说道：“一共播放了十一次广播，抵达了十个航班。”

“还有一次广播是什么？”陆晨已经彻底站到了李正阳这边，成为考官了。

“是寻人启事。”

“厉害！”李正阳终于发出一声赞叹。他暗自庆幸，自己当年果然没有看错人，这霍敏天赋异禀，是可造之才。

李正阳从抽屉里拿出一摞资料，那是从机场那儿得到的此趟航班的旅客名单和旅客照片，还有广播记录。

他扔给霍敏，已经不用多说。霍敏看着他的表情，知道自己已经通过了考验。

“李处，请问，我可以上案子了吗？”

李正阳正要说话，他的电话响了起来。

“喂，是我。”

电话那头沉默了一会儿，隔着这么近的距离，霍敏听见李正阳电话里说到了330所，说到了一个叫孙德志的工程师。

李正阳神色凝重，挂了电话。

他对霍敏一字字道："记住今天你在机场看到的一切。好了，有劲儿的来了。"

03 消失的密码

阳光从西南角照进一间装有黑色单向落地玻璃的会议室。会议室外面秋风和煦，丝毫没有紧张的气氛；晦暗的会议室里，却气氛沉重，让人喘不出气。

西川省330研究所里正在召开紧急会议，所长袁天任沉痛地宣布了首席工程师孙德志于一天前，不幸猝死于心肌炎。

正当参会人员对孙德志之死深切哀悼之时，副所长杨春当场产生了质疑："孙德志知不知道自己有心肌炎?"头一天晚上，杨春还碰见孙德志在外面一家酒店宴请朋友，正喝着酒呢，生龙活虎的样子，怎么可能说没了就没了?

袁天任解释道："公安的法医鉴定结论还没有出……单从医院诊断来看，是突发急性心肌炎死亡。"

孙德志负责的工程部人员，情绪最为激动，他平日待人友善，对年轻人多有提携，忽然离世，大家顿时议论纷纷。

突然有人站起身来，问道："那孙总负责的'深海'密码研发，怎么办?"发问的，是330所孙德志部门的一位年轻人，叫罗宇，刚来330所不久。

袁天任被问得一愣，他原本没有打算在这个公开场合谈论这个事情。孙德志负责了一套代号叫“深海”的密码系统研发，这套密码系统已经进入验收阶段，其成果涉密等级非常高，孙德志自己在负责。

现在孙德志猝死，没有留下只言片语，袁天任面临的重大问题是，必须要把这个成果找到。在昨天，他第一时间已经安排了人手，悄悄地翻遍了孙德志的所有电脑信息，却一无所获。孙德志的死亡，公安分局已经来调查过，结合当时送诊的医院结论，初步认定是心肌炎，排除了非正常死亡。

袁天任是老共产党员了，觉悟和警惕性很高，虽然孙德志排除非正常死亡，可是这套密码系统，却离奇失踪了。这套密码系统，关系有多重大，他是知道的，如果出了事，任何人担待不起。

袁天任定了定神，回答罗宇，也是回答在场所有人：“德志负责的研发工作，是最高机密，我会妥善处理好后续问题，请大家放心。”

袁天任已经把责任揽自己身上了，如果找不到孙德志留下的研发成果，这可如何是好？罗宇的问题，让袁天任已经失去了在会场上的所有耐心，他有些坐立不安，忽然电话震动起来。这可真是个救命电话，他等了很久了。

“今天的会就到这儿。”袁天任宣布散会。他走出门外，接起了电话，罗宇和杨春在后面听见他很急切地要与电话那头的人见面。

“我已经在你的办公室了。”电话那头的人回答道。

袁天任的办公室在研究所主楼的最顶层，那间 30 平方米的办公室坐北朝南，很是气派。这个办公室显示着他是这里的主人，这里，指的是 330 所。330 所是国家最核心的军事科研所之一，很多科研成果，直接服务于国家核心军事力量。历任国家领导人，都很重视 330 所，作为这里的主要领导，袁天任的办公室自然挂满了各位国家领导人接见他的照片。这可不是裙带和人脉能够得着的位置，能在这里当掌门人，可见袁天任的能耐有多大。这不光得有科研能力，还得有应付一切问题的管理能力。

办公室里一张大大的办公桌，桌上只放着他常用的笔和书籍，简洁无比，倒是办公桌椅背后的书墙，很有气势。一面宽阔的书墙，摆满了厚厚的书籍。袁天任喜欢站在书墙面前，思考问题，仿佛书中就有世间所有问题的答案。那个时代过来的知识分子，多半都保持着捧着砖头般书籍阅读的习惯。

李正阳到来的时候，袁天任还在开会，他也不客气，领着霍敏和陆晨就进去坐下。袁天任的办公室里还有一张别致的茶桌。

陆晨看着一墙厚厚的书，头皮都发麻。霍敏饶有兴趣地欣赏挂在墙上的摄影作品。他忽然有了特别的发现，他看了看李正阳，李正阳也明白了他的心思。

片刻之后，袁天任推开了门：“老李……”他极力保持镇定，可见到李正阳的时候，依然掩不住一丝激动。

“老袁，怎么啦？”

袁天任看了一眼霍敏和陆晨。

“没事，自己人。”李正阳立刻会意，然后给袁天任介绍两位年轻人。

袁天任招呼三人围着茶桌坐下，开始慢慢给三位泡茶。

李正阳先开口问道：“怎么，有麻烦了？”

袁天任说道：“要是没麻烦，我敢劳烦你吗？”

二人的语气，显然熟识已久。

“你要是找上我，一定是大麻烦。”李正阳道，他手一挥，示意陆晨起身去关门。陆晨关上了袁天任的办公室门。那门有点沉，隔音效果不错。这位居于高位又高度涉密的领导干部，想必有很多秘密需要隔离。

袁天任理了理头绪，不知道该从哪儿说起。“你听说过‘深海’吗？”

李正阳对这个代号是有所耳闻的。

“我知道。”

“‘深海’是一套军事通信密码系统。”

“密码……系统？”

“密码系统，就是一个算法程式。”

袁天任见霍敏等人面露疑惑，他简单讲道：“这里有两个简单的概念，我们把密码的表现形式，叫作‘密码元素’，而包含密码元素在内的所有解密方式、算法，叫作一整套‘密码系统’。举个例子，传统的莫尔斯电码，它的符号是‘滴’和‘哒’，‘滴’和‘哒’就是两个密码元素，用这两个密码元素，可以拍发出代表不同数字的讯号，比如阿拉伯数字‘1’，用莫尔斯电码拍出就是‘滴’，阿拉伯数字‘2’，用莫尔斯电码拍出就是‘滴滴’……接报员接到密码符号之后，将它译成数字，然后再到事先约定好的汉字母本里去找这些数字对应的汉字，从而译出明文……这个收发密码、解密翻译的过程，我们把它叫作‘密码系统’。”

陆晨问道：“那这套‘深海’和军事有什么关系？”

袁天任讲道：“自从人类有了军队，就有了密码，密码的使用和人类文字一样古老。每个国家的军事系统，都必须使用自己的密码系统，以防止被别国窃密。中国古老的兵书《六韬》就记载了‘阴文’，用于隐蔽传递军事指令，也就是密码的雏形。商周时期，姜太公用不同长度的鱼竿来向周武王传递‘擒贼首’‘撤退’‘全胜’等信息。后来发展出来的君王调动军队的‘虎符’也是密码，君王和将领各持一半，合在一块儿才能调动军队。而最著名的‘恺撒密码’，也是恺撒大帝用于差遣信使向军队传递作战指令而发明的，敌人截获恺撒的指令后，根本看不懂他要向军队说什么，而他的指挥官一接到这个指令，就能马上作出反应。从一战、二战来看，打赢战争，不光靠军事硬实力，密码战场也会起到关键作用。现代战争，就是密码战，这套‘深海’就是我们国家投入大量资金，我们330所用了将近20年，开发的一套反军事窃密密码系统。‘深海’密码将广泛应用于我国的军事领域，今后情报传递、命令发送，都会使用它。简单来说，它就像是我们国家军事上的一套超级暗语，只要经‘深海’系统加密过的军事密电，即便是被敌人截获，也无法解码破译。”

李正阳点了一根烟：“这‘深海’极其重要啊！各国情报组织，恐怕早就盯上‘深海’系统了。”

“情报组织？”陆晨和霍敏立马就来了精神，二人正是求战心切，渴望真刀真枪和敌人干一场。

李正阳叹口气：“‘情报窃密’恐怕是世界上最古老的行当了，只要有国家存在，就有情报战。敌人会像影子一样，说不定就在你的身边。”他说最后一句话的时候，似有深意地看着袁天任。

“‘深海’是中国几代科学家的心血。”袁天任淡淡地说道。他平静的语气里，却让人感觉到一种震撼。

李正阳抽着烟，忽然他听见一旁的霍敏说道：“袁所长，看来‘深海’丢了，是吗？”

他这么一问，袁天任半晌没说出话来。“你怎么知道……”

霍敏看了看李正阳，李正阳点点头，示意他说。

“袁所长，你愁眉紧锁，眼圈发黑，从昨天孙德志死亡开始，你根本就没有合眼睡觉，孙德志既然排除了非正常死亡，你还如此焦虑，想必……”他顿了一顿，说出了自己的猜测，“想必‘深海’也随着孙德志的死亡，丢失了？”

李正阳一笑：“我这小兄弟，猜对了吗？”

袁天任叹口气：“对，‘深海’密码系统是装载在一个密钥里的，密钥不见了，意味着‘深海’密码系统泄密了。”

“密钥是什么？”陆晨问。

袁天任道：“密钥就像是一套密码系统的钥匙，使用密钥可以将明文变成密文，将信息加密，而解开加密，也必须用密钥。比如恺撒密码明文是将26个字母向后加三位，A变成D，B变成E，依次类推，这样他要说的话就成了一堆混乱的字母，敌人截获了信使，也看不懂，而他与指挥官事先约定，知晓‘+ 3位’这关键信息，那么在收到乱码之后，将D还原成为A，E还原成为B，就得到了恺撒的真实指令。而这个‘+ 3’，就叫作‘密钥’，它可以把明文锁上，也可以把密文解开。而现代的算法，远远比‘+ 3’更复杂，电脑计算，可以设计出一个非常复杂的算法，来打乱明文，这套算法就叫‘密钥’。从某种角度来说，密钥就是密码系统。而‘深海’密码系统，最核心、最关键的，就是这个可以使用超级暗语，对军事信息进行加密、解密的密钥！”

李正阳缓缓道：“那么现在问题来了，如果‘深海’密钥丢失和孙德志的死有关，这恐怕就不那么简单了。”

袁天任有些沮丧，声音也低沉下来："老李，我怀疑，有人窃密……"

陆晨问道："'深海'密码，难道你们没有备份吗？"

袁天任苦笑一声："'深海'密码如果到了别人手里，我们备份有什么用？难道我们还能沿用它？别人已经掌握了的东西，还能叫密码吗？"

李正阳沉吟片刻道："你这算是正式向我报案吗？"

袁天任说道："'深海'关系重大，这套密码系统的算法是装载在一个密钥优盘里的。这个密钥是孙德志保管的……如果出了事，330所尚有一个补救措施。"

"是什么？"

"它的应急销毁程序在我这里。我已经启动了销毁程序，24小时后，不光那枚加密密钥上的'深海'密码，所有涉及'深海'的密码备份程序，将会全部清除……"

李正阳一惊："那，就是说大量科研资金、近20年心血将毁于一旦！你怎么可以擅自……"

袁天任红着眼："你以为我想这样吗？我是330所的掌门人，我必须负这个责任！'深海'是向下兼容的密码系统，就算在未来的军事通讯中不启用它，从它的算法里，也可以推断当前我们国家的军事通信密码算法！落入别国手里，将严重危及我国军事安全！这是纪律！一旦密钥失踪，必须立刻启动销毁程序。"

“啊!”李正阳一声惊呼，事态的严重，远远超出了他的想象。从私人情感来说，李正阳更担忧袁天任的个人责任，玩忽职守？过失泄密？孙德志案查清之前，该怎么定性？

袁天任是他见过最优秀的科学家，也是一名精干的领导，这样的人才，居然遇到了这样的局面，泄密事件可能会引发一系列连锁反应，包括牢狱之灾，他和330所的许多人，是否都会被牵连其中？

袁天任该如何应对这样的局面？如果孙德志的加密密钥被境外情报人员获取了，那么作为保管应急程序的袁天任，似乎只有壮士断腕一条路。

“老袁，你这个‘止损’，力度可真够大啊!”

袁天任哽咽了起来：“你以为我想这样……我的父亲呕心沥血，是累死在研发台上的，我的两个哥哥，也为了这份事业，奉献了一生，我是军人世家，我按下销毁程序启动键的时候，我需要多大勇气，你知道吗?!”

袁天任这位强人，几乎被眼前的局势打垮。

蓦地，霍敏问道：“我确认一下，这个密钥里的‘深海’密码系统能不能被复制?”

袁天任摇头：“不能，密钥和装在密钥里的密码系统一旦分开，就不能启动解密算法。”

“也就是说，就算是敌人拿到了这个密钥，也不可能通过网络，或者远程的手法把这个密钥里的密码系统传出去，而只能把这个密钥本身送出去，才算完成窃密活动，对吗？”霍敏问。

“对。”

现在摆在面前的局面是，“深海”极有可能被窃密，如果境外敌人拿到“深海”，那么不仅重大的科研资金和人力投入都将付诸流水，而且还有可能危及现有的军用密码系统。袁天任已经果断采取了销毁措施，24小时后，“深海”的所有信息将自动销毁，敌人无从破译，虽然我方也无法使用，但这是一个最好的保全方法。

那么，还有没有更好的办法？办公室很安静，听得见窗外银杏叶落下的声音。

霍敏忽然站了起来，他看了看手表：“不是说，还有24个小时吗？”

他的声音并不大，他用他惯常的笃定、沉稳的语气，大胆提出假设：“如果，我在这个时间里，找回那个密钥，是不是可以挽回一切？”他的意思很清楚，既然密钥里装载的密码系统不能和密钥分离使用，那么追回密钥，也就意味着拦截了泄密。

是不是在24个小时内追回这个密钥，就可以终止这个自毁程序？答案其实不用问，霍敏心里已经知道。对于袁天任这样的强人来说，自毁程序是一道底线，遇到紧急情况，他会做最坏打算，可是也绝对会做最大努力。这也是他找来李正阳的原因！24 小时，大海里去捞针。

霍敏说这话的时候，很平静，没给人一丝丝不知天高地厚的自负，他身后就像有光。多年后的袁天任，回想起当日这个不起眼的年轻人，依旧会发出阵阵感慨，后生可畏！

他也会感慨，这样的国家，正是因为有国安局这样的中流砥柱，才能屹立自强。袁天任不知道的是，这个不起眼的小年轻，从那以后，逐渐崭露头角，成为国安局的一颗新星。

04 最后的24小时

霍敏抱在手上的，是一堆厚厚的资料，这些资料是从袁天任那里拿到的，关于孙德志的一切。

陆晨开着车，三人各怀心事。霍敏现在满脑子都是孙德志那张国字脸；陆晨这个科技迷却是被330所的密码研究系统深深吸引；而坐在后排的李正阳感觉到阵阵压力，时间不多了，他应不应该放手一搏，把案件交给霍敏？这可是他千挑万选，找出来的好苗子。

“小子，只有24个小时，你有信心破案?”李正阳将信将疑。

霍敏沉吟了半晌道：“处长，我试试。”

李正阳一笑道：“小子，我可先说好，你别砸了老子的招牌!”

霍敏正色道：“绝不给你丢人!”

李正阳“哼”了一声，他们了解他，他这样的态度，实际上已经默许了霍敏全权负责此案了。

陆晨驾着车，已经过了孙德志病发死亡的现场——那是一个街区转角咖啡店的门口，十字路口有一个红绿灯。

陆晨问："还需要再走一圈吗？"

"需要，倒过来。"霍敏淡淡地说。

陆晨一拉方向盘，车子转了过来。

李正阳眼一瞪："这是逆行！别瞎搞。"

"哦哦哦，我没注意！"陆晨马上调整车道。

"等等！"霍敏喊了一声，他看见了那个热气腾腾的面摊。面摊依然有很多人围着。面摊隔着大街，正对孙德志倒下的地方。

"如果我是来接头的人，我会选择哪个地方等待并观察孙德志？"霍敏喃喃道。

霍敏向李正阳请示道："李处，我需要这个。"他指了下面摊头顶上的天网监控摄像头。

李正阳点头："嗯，这个好办，一个小时后，你来我办公室看吧。"

霍敏对陆晨道："这一个小时，我们还可以干很多事。"

"嗯，先送我回办公室，我让人给你调天网去。"李正阳道。

陆晨问道："那我们干什么去？"

"你听霍敏指挥。"

二人将李正阳送回局里。

"走，去孙德志家里。"

“大哥，一个小时回不来……”

霍敏拍拍陆晨的肩膀：“现在每一分钟都很珍贵，别浪费。”

“嘿，你有信心能搞定这个案子？”

“我没有选择，我们不出击，敌人也会找上来……”霍敏似有深意地说。

陆晨默念了一遍他这句话：“有时候啊，我觉得你和李处长挺像的，又深沉又玄乎……霍敏同志，你系好安全带，飞机马上就要起飞了！”

“你小心罚单！”

陆晨吹了个口哨，轿车绝尘而去。

袁天任离开办公室，径直回到了家中，孙德志的离世和“深海”的丢失，让他情绪很不好。他几乎都忘记了今天是女儿从国外回来的日子。

霍敏在给他打了一通电话之后，要到了孙德志的住址。据袁天任介绍，孙德志离异后，一直是一个人，他的前妻已经收到了他离世的消息。霍敏在电话那头听见了袁天任关上办公室门的声音。霍敏立刻追问袁天任要见什么人，去哪个地方。搞得袁天任很不舒服。

霍敏自然听出了袁天任的不悦，他的级别和身份，与袁天任很不对等。但他还是坚持自己的意见，在电话那头提醒袁天任："敌人可能就在你的身旁，一定要注意安全，现在我们全力在追查密钥，可是敌人若知悉销毁程序启动了，也可能会主动出手，再来找你，建议你和李正阳处长联系，暂时待在国安局的安全屋内。"

袁天任说："小子别说大话，我今天哪里都不去，谁都不见，我就接我女儿，然后回家吃饭。我看谁能接近我，要真有坏人出现，你们国安局是干什么吃的？"

霍敏于是善意地提醒："你女儿这个节骨眼从国外回来，你可要特别留神些。"袁天任不悦地挂了电话。

霍敏毕竟太年轻，到底能不能攻破这个案件，实在难说得很。根据纪律要求，袁天任必须在第一时间启动销毁程序，这对他个人，以及他的前途来说，是一种保护。他不可能押宝一样的，将希望寄托在李正阳身上。等到李正阳追查一阵，直到无法破案之后，再启动销毁程序，那个时候，说不定敌人已经将"深海"转移出去了。现在他先行启动销毁程序，哪怕"深海"是被敌人窃取了，他也依照正常的程序进行了补救，至于24 小时之内破案的压力，自然已经转移给了国安局。

在办公室喝茶的时候，霍敏就仿佛看穿了一切，也包括袁天任的明哲保身。

先行启动程序，后报告李正阳，这对袁天任来说，无疑是一个经过深思熟虑的选择，但也是一个比较自私的选择。对于充满政治智慧的袁天任来说，只要启动了销毁程序，他就避免了成为历史罪人，不会给自己蒙上巨大的政治污点。泄密的责任是孙德志的，无法破案的无能是李正阳的，而他作为 330 所的掌门人，于危难关头，壮士断腕，正确地作出了抉择，第一时间启动了销毁程序，让敌人竹篮打水一场空，这哪里是有过，分明是有功。那些投入和心血，算得了什么？当然，如果李正阳能破案，追回孙德志的密钥，那就更好了。

他已经不是一个纯粹的科学家，而是政客。

袁天任早年丧妻，早早地将女儿送出国去，他的所有心思，都在工作上。只有工作，只有业绩，只有成果，能让他那平静如水的心激起涟漪。他渴望并享受那种受到众人仰视的感觉。不可否认，他为国家的科研作出了巨大贡献，他的智慧配得起他的骄傲。

可是，今天一个小年轻居然对他指手画脚，还对他马上要和女儿共进晚餐的计划诸多安排，真是没大没小。李正阳居然还由着这个小年轻，要是 24 小时找不回密钥，看李正阳如何给他个交代！

袁天任的家住在锦城西的浣花公园旁，在周边房价还处于低迷的时候，袁天任相中的这个小区，房价就已经是一路飙升，袁天任在物质上没有太多追求，只要清静就好，于是他重金拿下了小区里最僻静的楼王。

袁天任回到家的时候，小区深处的楼王已经亮起了灯，厨房里还有人影在走动，看来是有人在做饭。袁天任的情绪有了一丝平复，一种久违的温馨感涌了上来。他进到电梯里，才掏出手机翻看信息，原来今天回来的，不光是女儿，还有女儿的男朋友。

女儿袁晓燕今年已经二十四岁了，不小了，在美国知名的大学攻读硕士学位，他一向对女儿的品位和眼光很认可。不过一想到婚嫁之事，他难免有些不舍的情绪，当过父亲的人，都能体会。

那厨房的人影肯定不是女儿，女儿什么时候会做饭啊！那这下厨的，多半是女儿带回来的男朋友了。这小子还挺识趣，知道先挣下表现。

袁天任走到家门口，那是一道有黄铜色雕花格的厚厚铁门。他正掏钥匙，“爸——爸——”袁晓燕已经打开了门。她上身一件粉红色羊绒紧身毛衫，下身一条干练的水洗蓝牛仔裤，身材姣好，她就像是一只燕子，扑到了袁天任的怀中。袁天任高兴极了，一时间，将所有烦恼都抛到了脑后。原来家庭的温暖，比一切名利都重要。

“哎哟，都这么大的人了，还像个小丫头。”

“爸爸——”袁晓燕嘿嘿地笑，“我就要做个小丫头，我就要做个小丫头。”

袁天任道：“爸爸先给你道个歉，爸爸工作上有点重要的事儿，没能去接你。”

“没事，爸爸，我和家明一起回来的。”袁晓燕脱口而出，说得极其自然。似乎这个“家明”，已经是家里的一分子，是自然而然的“回来”。

袁天任问：“哪个家明？”

袁晓燕向厨房里招手：“家明，快过来。见过我爸爸。”

一个身高 1.8 米的帅气男生，走了出来，他系着围裙，看样子是在做饭。这男生颜值极高，极像当红的一名演员。

“叔叔好。”男生毕恭毕敬地喊道。

袁天任对他第一印象很不错，笑着问：“这位是？”

“他就是家明，潘家明。我研究生同学……”袁晓燕竟然有一些腼腆。

袁天任道：“你就是家明啊，小伙子不错不错……别都站在门口，屋里说。”

袁晓燕看父亲对潘家明印象不错，暗自得意，向潘家明眨了眨眼。潘家明立刻会意：“叔叔，您和燕子先看看电视……燕子，好好陪叔叔聊聊，我去做饭。”

袁天任和女儿走进客厅，见角落里放着一个橘黄色的大号行李箱，这个行李箱是袁天任送女儿出国时买的，女儿多年来一直带在身边。行李箱还没来得及打开收拾，看来二人到家不久，潘家明已经先忙着做饭了。

想到这儿，袁天任对潘家明又添了几分好感。

袁天任和女儿闲话些家常，主要话题是这潘家明的情况，女儿慢慢道来，潘家明来自福建，也在美国留学，他和袁晓燕在一次留学生聚会上认识，二人兴趣相投，颇为投缘。潘家明对袁晓燕可谓一见钟情，苦追了她好一阵。

袁晓燕口齿伶俐，将潘家明描述得完美无缺，真是颜值高、上进心强，关键还是暖男一个。袁晓燕自小娇惯，在美国幸得潘家明照料。这样的好男生，哪里去找？

袁天任了解女儿，他听着她说，只是微笑，但心中对潘家明已是颇为满意，女儿的脾气和眼光他知道，能让女儿如此心仪的，自然是优质青年。

不多一会儿，饭菜上桌。潘家明忙前忙后，乐得给未来老丈人多表现表现。三人就座，袁天任取出家中珍藏的好酒，问潘家明能不能喝。

潘家明识趣地说能喝一点，但酒量不深。这可是最佳答案。但凡未来老丈人要约酒，可万万留神，既不能不喝，又不能显得酒量过大，要是把老丈人喝翻了，估计老丈人对自己的印象也会打折扣。

袁天任尝了尝潘家明做的菜，赞不绝口，这小伙子上得厅堂，下得厨房，真是难得。袁晓燕笑道："怎么样，爸爸，家明手艺不错吧？"

"不错，不错，这样的手艺，可以开馆子了。"

潘家明听袁天任这样夸奖自己，也颇为识趣："我听燕子说，叔叔一个人将她养大，很是辛苦，燕子经常说起，叔叔的厨艺很厉害。"

袁天任哈哈大笑，这小伙子的话，真是夸进了他心里。女儿大了，有个这样体贴的男朋友也不错。

墙上的钟嘀嘀嗒嗒走个不停，时间流逝如梭，不觉天色已晚。袁宅里灯火温暖，三人对饮成趣。袁天任又巧妙地问及潘家明的学业、家庭，潘家明坦言自己来自一个教师家庭，父母早年就移居国外，他大学一年级那年就赴美留学。

袁天任终于问到一个关键问题："那你今后准备在哪儿发展？"

潘家明看了看袁晓燕，袁晓燕也看着潘家明，眼神中全是甜蜜。袁晓燕抢着道："爸爸，我们准备回国发展……"

"真的？"

"真的。"袁晓燕努力点头。

这个答案让袁天任心头的大石落地，他送女儿出国念书，希望女儿多开眼界，可是并不希望女儿今后离自己太远。当潘家明介绍自己的父母定居国外时，他心中隐隐忧虑，要是女儿今后随潘家明留在国外，那他可就成孤家寡人了。袁天任不可能放弃自己拥有的一切，去国外养老。

袁天任很高兴，他将所有烦恼都抛到了脑后。他庆幸上天待他真是不薄，李正阳现在还没有来电话，他说不定已经追到了密钥。他最不悦的，是那个李正阳带来的叫霍敏的小伙子，今天居然在电话里叫他留神从国外回来的女儿。

"扯什么淡，我自己的女儿，我需要留什么神？那小子看上去神经质得很，李正阳怎么什么人都招进麾下？”

他看了看潘家明，这才是优质男青年的典范啊！

“爸，我有两件事，想征求您的意见，希望您不要反对。”

袁天任问道：“什么事儿啊？”

“爸……我和家明……准备……”她握住了潘家明的手，潘家明用坚定的眼神，看着袁晓燕，仿佛在给她莫大的力量。

“怎么了？”

袁晓燕腼腆一笑：“我们准备结婚！”

袁天任真是大跌眼镜，女儿什么时候和潘家明都进展到这一步了？

“女大不中留啊，你们都考虑好了吗？”

“嗯！”两个年轻人用力点头。

袁天任喝了一杯酒：“这是好事儿啊！现在是新时代了，只要你们年轻人真心相爱，爸爸有什么理由来反对啊？”

见父亲答应了，袁晓燕和潘家明心花怒放，连忙起身敬酒。

“还有一件什么事儿啊？”

“爸，刚我也说了，我们准备结婚后回国发展。”

“嗯……这也是好事啊，爸爸最舍不得你走远！这样家明随时可以来陪我喝两杯。”袁天任说道，他随手和潘家明碰了下杯，杯子里的美酒，澄净晶莹。

袁晓燕说道：“我们准备去上海发展，下半年先到上海看看，开一家工作室。”

袁天任看看潘家明，眼神里有询问的意思，潘家明点了点头。他的神色给了袁天任莫名的笃定，仿佛在告诉他，“放心吧，叔叔，我会把晓燕照顾好的，事业上，我也会全力襄助她。”

袁天任想起往事。他早年丧妻，一手把女儿拉扯大，与女儿相依为命，虽然女儿总归要出嫁，他难免有几分舍不得，可是眼前的女儿，学业有成，又有事业心，对自己的人生、爱情有着自己的规划和主见，他当年不就是想把女儿培养成为这样的人吗？他做到了，他很欣慰。更欣慰的是，他女儿还带回来一个志同道合的男朋友。这小伙子很不错，父亲毕竟是要先走一步的，能有个这样的男人在余生照顾女儿，也是好事。

袁天任这两日经历了太多事情。孙德志突然离世，“深海”密钥失踪，他作为330所的掌门人，面临着莫大的危机，他的情绪本来处于低谷，可是女儿和潘家明的到来，给了他极大的安慰。

袁天任已经有了几分酒意：“趁着年轻出去闯，是好事……爸爸支持你！”

“谢谢爸爸！”袁晓燕兴高采烈起来，“爸爸，你可不能光口头支持……”她趁势撒起娇来。

袁天任笑道：“说吧，要多少？爸爸这些年，省吃俭用，还有点积蓄。”

袁晓燕说出了一个数字，袁天任几乎以为自己听错了，他简直不敢相信自己的耳朵，他还重复地问了一遍：“啊？多少？”

袁晓燕依然撒着娇笑着，她美丽如樱桃的小嘴里，重复了一遍那个震惊父亲的数字：“爸，不多不多，我们现在需要500万。”

05 现场，现场

孙德志的家，比想象中整洁，一个离异多年的男人，家里收拾得井井有条，有些出乎霍敏和陆晨的意料。

霍敏和陆晨是在小区保安部部长的带领下，进入了孙德志的家。小区保安部门看了看霍敏和陆晨的证件，眼中有些犹豫，国安局？这么年轻，这明明是大学生嘛。

那保安部部长抬了抬眉毛："除了侦察证，你们没带其他文书?"

"还要什么文书?"

"比如搜查令之类的文书。"

陆晨不耐烦，顶了那人两句："有侦察证就够了，时间紧迫，放跑了犯罪嫌疑人，是你负责还是你们公司负责？你可别妨碍公务啊!"

保安部部长这才让物业管理人员和保安抓紧安排，他们很快进入了楼门，可是孙德志家的大门是电子密码锁。

"这个我们也没辙了，电子密码锁，打不开啊！要不联系这家电子锁的售后技术部吧?"保安一摊手，无奈地说。

霍敏看了看表，问："找技术部来开锁，得多长时间？"

保安说道："一两个小时吧。"

"不用了，我们自己来。"

陆晨从背包里取出一个解码器，他的背包里装着各种各样的电子产品，就像个百宝箱。

"哒——"锁开了。一众保安惊呆了。

陆晨颇为得意，霍敏径直走了进去，孙德志整洁的家就全部映入了他的眼里。

这是一间东西朝向的屋子，看不出采光程度，可是正对中庭，从阳台看下去，小区的绿植和庭院布置都呈现在了眼前。屋子通风不错，有着淡淡的花香味儿，很恬静的感觉。

"业主平时都什么时候回来，你们知道吗？"陆晨问物业管理人员。

一个经理模样的人说道："不知道。"

"他有些什么样的往来人员呢？"

"这个……我们也不知道。"

"他是一个人住吗？"

"这个……好像是的，具体不能确定。"

陆晨道："怎么什么都不知道，你们这物业管的是什么啊？！"

物业经理说道："我们这里是高端小区，业主就是上帝，上帝的生活，我们哪里能窥视？"

“你……”陆晨给噎了半口气。

霍敏在屋子里踱着步子，他时而蹲下，看看床脚，时而抬头望向天花板。

陆晨跟在后边，看着霍敏，觉得这个有些神经质的人，颇为奇怪。

房间整洁得没有任何可疑之处，卧室的被褥叠放整齐。房间几乎没有一点多余的东西，这孙德志一心扑在科研之上，过的根本就是苦行僧的日子，而他选择这个小区，说不定也只是图它僻静。

“这哪里能有什么线索？霍大公子，你不是在浪费时间吧？”

“我知道了。”霍敏对陆晨说道。

“啊？”陆晨惊讶，“你可别吹牛，这屋子哪里有什么线索？”

“用你的心去看，别用眼睛，这间屋子，已经告诉我们很多东西了，从推理学的角度来说，现场是一切行为的反映。”霍敏抬起头，看着搭档陆晨，“孙德志头一天晚上根本就没有睡觉。”

陆晨道：“这个不难推理，他被褥叠放整齐。”

霍敏微微一笑：“那也可能是孙德志离开时叠放的啊！”

“能别拆台吗？”

“我断定他没有睡觉，是因为这个。”霍敏指着一个垃圾篓，垃圾篓的材质很好，看起来很干净，垃圾篓里只有一样东西——一堆烟头。

“孙德志当晚是有多焦虑，他在等什么人？”陆晨大悟道。

霍敏道：“孙德志是昨天早上 8 点死的，从这个地方到那个面摊要多长时间？”他指的是从孙德志家里到他死亡的现场。

“我开车用了 21 分钟。”

“对，那是你开车，车神先生。换作是他，只会比这个时间长。况且，当天他根本没有开车，车还停在车库呢。”他说着，指了指抽屉里的路虎车的车钥匙。这款车是随身钥匙启动系统，钥匙不随身，车就无法点火启动。

陆晨摸着下巴：“那他如果是从家里自东往西走，那得多久……”

“如果乘公共交通工具，那至少要 40 分钟。”

陆晨问：“为什么不开车？放着好好的车不用。”

“不用自己的车，是不想引人注意，这说明他不想有人知道他去赴了这场约。”霍敏缓缓说道。

“这说明他心中有鬼！”陆晨接道，“你还看出什么？”

霍敏道：“孙德志恐怕不是正常死亡，他赴的是一场不正常的约。”

“嗯？”

“他屋里备有心肌炎的药物吗？”霍敏指着玻璃柜里的药品问。

“没有……”

霍敏道：“孙德志健朗得很，怎么会心肌炎猝死？”哪里有那么巧合，孙德志心肌炎猝死，“深海”密钥就失踪。

“等法医的鉴定结论出来，就知道真相了。”霍敏道，“我们现在的问题是，找出头一天晚上，孙德志在等谁，第二天早上，也就是他死亡的那天早上，他是去见谁。”

“你有想法了吗？”陆晨问道。

霍敏沉吟半晌：“孙德志等的，是个女人……”

陆晨张大了嘴巴：“这你都知道？”

“陆少，从走进屋子，就能闻到香味，我就发现了窗台上那盆漂亮的花……眼下，‘插花花艺’在锦城流行得很……花已经快枯萎，这种花，三天不换水，就会枯萎……这插花的人，已经三天没来了。”

他接着推理：“孙德志的西服，每一件都熨烫得很整齐……他的厨房厨具清洗得很干净……你说：这些是不是一个离异多年的男人会操持的事？况且，孙德志是一个事业型男人，他的多数时间，都在实验室里。”

陆晨道：“嗯，这个倒极有可能是女人。”

“孙德志如果被策反，盗取了330所‘深海’的密钥，他的动机恐怕也在这个女人身上。”

“此话怎讲？”

“孙德志的屋子如此简单，几乎是陋室，这人对物质，实在没有太多欲望，只要居所清静，就不作他想，他过的是一种极简的生活。”霍敏颇为羡慕孙德志的心境。

他接着说：“你说：这样的人，会不会为了金钱去犯罪？”

陆晨点头：“有道理。”

霍敏道：“他的弱点，就是敌人的抓手。”

“他的弱点？”

霍敏一字字道：“寂寞，才是人类最深的弱点啊！”

他说这话的时候，不由自主地想起了前女友刘芸，她好像已经留学归来，并且就要结婚了。分手后，她的消息也通过朋友传到过他这里，之前听说刘芸去国外留学，在国外独自生活。

想到出国留学，他脑中灵光一闪，一个画面跳入他的脑海：那身高 1.8 米的高个帅气男生，拖着橘黄色行李箱，挽着穿粉红色羊绒衫的女孩儿，从机场到达口走了出来。

他隐隐觉得，这不是一个巧合。

霍敏闭上眼，将现场线索记入脑中。现在的疑问还很多：“深海”是什么时候失窃的？头一天晚上孙德志焦虑等待的女人又是谁？这个人会不会就是第二天孙德志要见的人？

李正阳的电话打了进来，天网视频已经采集到了。这个神秘的女人，即将被揭开面纱，在孙德志倒下的时候，她一定就在附近。

06 诡计

饮了两杯酒后，袁晓燕的脸上泛起嫣红，她那精致的粉红色羊绒衫更映得她脸色红润。

“晓燕……我没听错吧？”袁天任站了起来。女儿开口问他要 500 万，这可是个不小的数字。

袁晓燕冷冷道：“爸，第一次向你开口，就那么难吗？”袁晓燕忽然泄气极了，饭桌上的气氛，立刻跌落谷底。刚才还其乐融融的氛围，一下子就被这个数字打破，袁天任不可能拿出那么多钱来，他在潘家明面前显得有点尴尬。

袁天任坐下来，缓缓道：“乖女儿，这么大的投入，你没搞错吧？”

袁晓燕看了看潘家明，她比袁天任更尴尬，在男朋友面前，吃了父亲的闭门羹。回国创业，向父亲开口要 500 万，这主意是袁晓燕提出来的，她在潘家明面前，想必信誓旦旦，信心满满，可现在父亲的反应，真是让她感觉很没面子。

“爸，你就不能给我想想办法吗？”袁晓燕想给父亲一个台阶下，只要父亲答应想办法，她还不算在潘家明面前太丢脸。

袁天任忽然硬气起来：“不行，把我这把老骨头卖了，估计也值不了500万。”话说到这份上，就没有回旋余地了。

袁晓燕腾地站起来：“每次都这样！我从小到大，都是这样，我开口的事，你不是考虑考虑，就是商量商量，你心里到底有没有我这个女儿?!”

她大喊起来，袁天任愣在当场，袁晓燕停顿了一下，大声道：“要是我妈还在，就不会这样了！”

袁天任一拍桌子：“晓燕！你！”

潘家明看不下去了，站了起来：“晓燕，你怎么这样和你爸爸说话?”他不劝还好，这一劝反而火上浇油。袁晓燕大哭道：“难道不是吗？你这些年就是不想看到我，非要送我出国去，你问过我愿意吗？你心里永远就只有你的事业，我要是不出国，就不会……过成这样！”

“燕子！”潘家明喝断她，“快给叔叔道歉，你不出国怎么能有今天的学业！”

“我不！”袁晓燕一转头，冲了出去。“燕子——”潘家明大喊。

袁天任坐在桌边，气得手发抖。潘家明欠身道：“叔叔，我去看看她，天黑了，我怕……”

“好……这个不让人省心的丫头，谢谢你家明……”袁天任低声道。

07 分道扬镳

“快进——停，等一下——往后退一点……”

霍敏指挥着操作监控视频的干警。李正阳已经给他调取了当天上午孙德志死亡现场的全部天网视频。他看见孙德志倒下的全过程。

“奇怪……”

“怎么了？”陆晨问。

“孙德志倒下之后，为什么要伸手？”霍敏看着画面里孙德志的动作。

陆晨顺着霍敏的眼光看过去，孙德志正伸手进衣兜里。

“我明白了，那衣兜里放着的，就是‘深海’密钥。孙德志知道自己必死，他要将密钥托付给旁人。”

情况已经很明朗，昨日早晨孙德志所赴的约会，其实是一场秘密的接头。“深海”密钥，应当就是在那个时候失窃的。

只是孙德志没有意料到，自己会猝发心肌炎。画面中的孙德志缓缓倒下，这个优盘大小的密钥就放在他的兜里。

“靠近孙德志的人，都有嫌疑！”陆晨说道。

“唉……遗憾得很。”霍敏长叹一口气。

李正阳问：“怎么了？”

霍敏道：“恐怕……在孙德志走到这个接头点之前，他就已经被人偷过。”

陆晨问道：“为什么？”

“这些围上去的人，没有一个接触到孙德志的身体。你看看孙德志的面部表情，他的手伸进衣兜之后，几乎魂飞天外！他一定发现衣兜里的密钥已经不见了！”

“这下不妙了……”陆晨喃喃道。

之前的推理错了。孙德志清晨赴约，应当是交接窃取来的“深海”密钥，那么孙德志死亡的现场，就应该是犯罪现场。查到天网里谁和孙德志接头，就能确定嫌疑人的体貌特征。

霍敏努力使自己大脑保持清醒，他理清了思路：“孙德志猝死，根本没有来得及和人接头。不，应该是说，接头人根本没有想过要和孙德志在既定地点接头！既定的接头地点，只是一个迷障，接头人为了躲避侦察，早就在孙德志前往既定地点的路途中，对他下了手。孙德志到既定地点，那不过是嫌疑人为了制造一个假现场的障眼法！”

在政法大学里的课堂上，教侦察学的马教授曾告诉过霍敏，根据推理学的原理，在整个案件推理过程中如果能“定点”，那么就能缩小侦察范围，减少需要逐一排查的人数，最终锁定犯罪嫌疑人。这个点，就是孙德志倒下的地方，他带着密钥去进行交接，他走到接头地点，接头人一定就在附近，天网视线之内，他周围的人，就可能是嫌疑人。

现在的问题是，孙德志的接头地点，根本就不是密钥交接的真实地点，这下需要排查的范围，被无限放大了，而时间已经所剩不多……

"恐怕不止一个人。"霍敏道。

"嗯?"

"你忘了，孙德志抽了一夜的烟，他在等一个女人……他必定和这个女人熟识。我们假定这个女人就是他第二天要接头的人，那么他不可能不认识她。孙德志在临死之前，才发现兜里密钥被人窃取，换言之，孙德志在走到接头地点之前，就已经与第三个人接触过了。这个接触他的第三者，自然不是他焦急等待的那个女人，否则他不会不认识。"

李正阳说道："有人负责接头，有人半路出手拦截，有人策反……这是个有组织的行为啊!"

李正阳马上请示领导，将初查情况进行了汇报。

"局长，是，我马上处理。"

李正阳紧张了起来，他抓起了保密电话："我是李正阳，我需要各部门予以配合……发生在今日的330所工程师孙德志死亡事件，案件级别提高！各部门严守岗位，对方是职业对手，目前国别不明，所有机场、车站、码头安检口请严查一个类似优盘状的物件，发现可疑人员，就地控制!"

国安局的侦察处开始像机械的齿轮一样运作起来，霍敏异常兴奋，他就需要这样一个机会，他需要证明自己。他记得在被招录进国安局的时候，他留心过他同学的去向，分流成为两类职业，做律师的去赚大钱，进体制的都考上了好单位，特别是考进党政主干线的几位，成为领导的秘书，锦绣前程指日可待。

而反观从事隐蔽战线工作的李正阳，一辈子隐姓埋名，外边人都不知道他是个领导干部，一辈子都没人知道他有什么成就。当时的霍敏不是没有权衡过这一切，中州政法大学毕业的人，怎么都该有个风光体面的工作，自己若是追随李正阳，籍籍无名，女朋友刘芸的家里人，也难免会误解他，看不起他。

当年霍敏问过李正阳："又不能当官，又不能挣钱，图什么？"李正阳看着远方，说道："我也没有什么大道理，只是这个国家，总需要有人挺他，你说是吧？说不定我有一天，会被人称为英雄，一想到这种人生，就非常过瘾。"

霍敏的人生似乎早就被父母规划好了，但遇到李正阳之后，他二十几岁的青春里，突然就燃起了一些火种，这些火种直到他入职宣誓的时候爆发出来。穿着白衬衫、戴着警监警衔的导师在台上问："你愿意将你的青春、热血，甚至你的生命，献给这伟大的事业吗？"那声音高亢而有力，在整个会场的上空回旋，一种壮阔而浩瀚的仪式感充塞到了台下所有年轻人的心中。

下面的年轻人高喊："对党绝对忠诚，甘当无名英雄！"

女朋友刘芸多次抱怨他应该好好挣钱，现在房价多高，难不成以后在出租屋里结婚？政法大学的同学会，他也没有参加过，倒不是自惭形秽，而是和那些锐意仕途、风光无限的同学，忽然没了共同语言。

也不知道是什么时候，他和刘芸，开始出现小龃龉，随后升级为争吵，甚至最后刘芸对他爆发出了极大的不信任："霍敏，我觉得我真的已经不了解你了！你一天到晚都在干什么？你好好找份工作行不行？"霍敏无法对她解释，他先是隐忍，逐渐，年轻气盛的他和她都失去了耐心，二人争吵不断，这对校园情侣最终越走越远，最后分道扬镳。

年少时的爱情，总是纤敏而脆弱，难免充满遗憾。

霍敏返回正式岗位后，一头扎进了工作里。他是李正阳钦点的兵，他太渴望战斗，渴望胜利，渴望证明自己，现在终于轮到自己大展身手。

既然是职业对手，那么就需要重新估量了，他看了看表："袁天任意图用销毁程序来阻止敌人窃密，恐怕敌人也不会坐以待毙。"

08 做局

嘀嗒嘀嗒，嘀嗒嘀嗒……

房间里的欧式复古落地大钟发出时间流逝的声音。袁天任心情不好，他坐在舒适又宽大的椅子上，先是仰头看着天花板，然后闭上了眼睛，整理着这两天发生的事情。

袁天任心烦的时候，喜欢独自一人在书房里闷着。他极其难得地点了一支烟，抽屉里的烟都有些受潮了。他看了一眼书桌上的相框，那是他和女儿多年前的合影，女儿袁晓燕那时候才五岁，脸上有些婴儿肥，从小就喜欢粉色的衣服，和现在一样。

他开始有些后悔冲女儿发火，他该好好和女儿谈一下。女儿出去了这么久，毕竟不知道他的经济状况，像他这样的干部，哪里有这么多钱?

“叔叔……”黑暗里有人轻轻喊了一声。

“哦，家明啊，怎么不敲门啊?”袁天任淡淡地说道。

潘家明走了进来，他已经换去了做饭时的一身家居装，现在一身黑西服更显得身材笔挺。他的脸庞，帅气、俊美，真是找不出半点瑕疵，用古话来形容，就是“公子如玉”。

“叔叔……我想和您谈谈。”

袁天任抬了抬眼镜：“家明，谈什么？”

“叔叔，您不觉得晓燕今天有些情绪反常吗？”潘家明拉了一张椅子，对着袁天任坐了下来。

袁天任惊讶道：“反常？”他忽然觉得潘家明提醒了他，女儿今天确实有些情绪反常，怎么回事？

“晓燕在美国……出事了……”潘家明的声音很低沉。

“什么？”袁天任大惊。

潘家明将声音压得更低，袁天任不得不将耳朵凑了过去，灯光映照下，潘家明的脸庞笼上了一层寒霜，一字字道：“晓燕在美国惹官司了。”

袁天任道：“胡说，晓燕从小就很乖，怎么会惹到官司？”

潘家明抬起头：“叔叔，我也不信啊，可是……”

袁天任看他神情不像胡说，再联想到女儿今晚的反常情绪，心中已经信了几分，他问道：“惹……惹什么官司了？”

“叔叔，那天我和晓燕一同从加州海岸线游玩返回，行至中途，在一个街区里突然有一个老太太扑倒在地……”

“哦……是交通事故，那老太太没伤着吧？会不会是碰瓷？”袁天任心头一松。

潘家明黯然道：“那老太太倒没什么伤……可是，突然从四面八方冲出来许多联邦警探，不由分说就把我们的车扣下了。”

“联邦警探？FBI？”

“对。”

“那又怎么样，一个交通事故，犯得着吗？”袁天任对潘家明的说辞产生了不信。

潘家明的眼神流露出伤感的情绪，他看着袁天任，一字字道：“他们说她——”

他有意顿了顿：“贩——毒——”

袁天任坐不住了，站了起来：“胡说八道！”

潘家明摇头道：“晓燕的车上，现场起获大量毒品……证据确凿！”

“不可能、不可能！晓燕怎么会贩毒，连我平时吸个烟，她都躲得远远的！”袁天任急了，“这他妈一定是栽赃！”

潘家明惋惜道：“叔叔，我也不信——可是，可是……”

“可是什么？”

“唉——”潘家明长叹一口气，他拿出一张司法文书。他什么都不必再说，空气已经变得很凝重。

“这一定是栽赃！”袁天任看了一眼，刚要撕掉，忽然转念一想，“不对，那你们怎么可能顺利回国？”

潘家明道：“叔叔，这都多亏了我的老板帮忙。我们公司为了晓燕的案子，聘请了全美最贵的律师，付重金将她保了出来，并且摆平了这起案子，暂不起诉。”

袁天任道："暂不起诉?"他的心情，此刻就像是在坐过山车。

潘家明微微笑道："是呀，不过我们公司，毕竟也是商业组织……这笔钱，也只能作为给晓燕的垫付款。"

袁天任脑门一跳，发现这事儿还没完，他问道："这钱……难道就是晓燕说的那500万?"

潘家明点头道："是的，叔叔，这是晓燕的借据。"

袁天任道："家明，我实在拿不出……这么多钱来。"

潘家明忽然站了起来，他面上浮现起一丝狡黠的笑，那种看着猎物钻进陷阱的笑。他踱着步子，绕到了袁天任的身后："叔叔，您拿——得——出。"

袁天任察觉他语气有异，暗自镇定，并不接话。只听潘家明缓缓道："叔叔，您手握中国重大科研项目，只要您肯和我们合作，不仅这张借据一笔勾销，晓燕的案子，我们也可以想办法彻底解决!"

袁天任站了起来："你到底是什么人?"

潘家明冷冷笑道："叔叔，我是家明啊，晓燕的男朋友!"

"你!"袁天任狠狠地看着潘家明，气氛瞬间剑拔弩张。

潘家明身高比袁天任高得多，他一伸手，就按住了袁天任的肩膀，将他按回了座椅上。他拍拍袁天任的肩，说道："叔叔，您不必去管我是什么人，可我们都知道您是什么人！您不想和孙德志一样的下场吧?"

袁天任寒毛竖立，霍敏的话在耳朵里回旋："留神点，敌人就在你的身边。"

袁天任扑向了桌上的手机。潘家明一个箭步上前，身手极其敏捷，抢先抓住了电话："你想报警?"

袁天任盯着他，他知道自己气势上绝对不能示弱，他是干部，必须要有面对危机的能力。

潘家明将电话递给了袁天任，说道："报警之前，先打你女儿的电话试下……"

袁天任头皮发麻，他一把抓过电话，拨出了那个熟悉的号码："嘟——嘟——嘟——"无人接听，他的心也沉到了深渊。袁天任挂了电话，跑出书房，高喊了两声，他推开女儿房间的门，里面空无一人。晚饭时袁晓燕负气离家，就没有回来!

袁天任再也无法保持冷静，他歇斯底里地大喊："你把我女儿怎么样了?!"他扑了过去，要和潘家明拼命。

"找死!"袁天任只觉脑门一阵冰凉，一个金属质感、黑黝黝的物件抵住了他的额头。那是一支手枪。潘家明伸手一勾，不知用了什么手法，就将袁天任按了下去。他继续用枪指着袁天任的头，大声喊："你还要不要袁晓燕活?"

这话命中袁天任的要害，他几乎放弃了所有抵抗。

潘家明脸上又装出那种人畜无害的神情，他深情地说道："叔叔，我也爱晓燕，我们可以好好聊一聊吗?"

袁天任道："家明——晓燕是我的命啊，你放过她好吗?"

潘家明道："叔叔，放不放过她，不在我，而在您。"

袁天任低下了头。

潘家明知道，眼前这个猎物，已经完全被他掌控。这不过是境外情报组织策反、威逼境内高级干部的惯常手法，潘家明早已轻车熟路。

"说吧……我该怎么做……"

潘家明将枪收回："难道你该怎么做，你自己还不清楚吗？"

"你是想……"

潘家明道："对，马上终止销毁程序。"

"'深海'密钥果然是在你们手上。要停止销毁程序，必须使用330所的保密计算机，必须使用应急优盘。"

"叔叔，您最好动作要快，从这儿到330所，还需要一段路程，天一亮，老子要将密钥送出去，如果到那时，'深海'密钥还没有接到终止销毁的指令……哼哼。"

袁天任红着眼："你们……我答应你，可以终止销毁。"

潘家明道："光停止销毁程序还不够，那枚启动销毁程序的应急优盘，也给我们。要是你回头又启动销毁程序怎么办，交接的时间和地点，等我通知。"

潘家明站起身，以一种胜利者的姿态，理了理西服，临出门时，回头说道："别报警，中国有句古话，是叫'白发人'那个什么'黑发人'的，您懂的！"

他离开时，扔下一个白色的信封。袁天任打开来看，几乎要气炸，他感觉自己牙都咬出了血，在他生命中从来没有这么愤怒过，他嘶哑地骂了一句："畜生！"

信封里放着一沓照片，照片的背景是女儿袁晓燕在美国租住的公寓，袁晓燕是昏睡状态，赤身裸体地呈现在照片上。潘家明的意图很明显，这是一种威胁的手段。

袁天任用了许久才稍稍平复了情绪，他坐在椅子上，看着屋外的黑暗。年轻人霍敏说得一点都没错，就算启动了销毁程序，敌人也一样会主动找上门来，真的就在你身边。

他终于恍然大悟，对方早就盯上了他，从他送女儿袁晓燕出国留学时，就踏入了对方的陷阱。这外表俊美的男子潘家明，根本不是普通人，他演技之高超，手段之狠辣，彻彻底底是职业情报人员。他应当不是独自一人，从女儿被设计开始，这就是一个有组织、有预谋的圈套。他接近女儿，追求她，成为她的男朋友，这么优质的男青年，连袁天任都颇为赞许，有谁想得到他别有居心。然后女儿顺利掉入陷阱，被潘家明把控，接着是毒品栽赃，让她无法自拔。潘家明又扮演救世主，为其解决官司，举以巨额债务。最后，通过袁晓燕回国向父亲借钱，正面接触袁天任，用涉毒官司、巨额债务、不雅照片，甚至还有绑架作为威胁，逼迫袁天任就范。

袁天任握着手机，思考到底该怎么办。启动销毁程序，本意是让敌人得物无所用，与敌人两败俱伤。可是现在情况骤变，如果听从于潘家明，终止“深海”销毁程序，并交出可以启动销毁程序的应急优盘，那么敌人将完完整整地将“深海”密钥送出去，他将成为历史罪人！

他像是吊在悬崖孤树之上，一只手不停地流血，力量在不停流逝，眼见即将坠落。他真想和潘家明拼个玉石俱焚，可是，那无辜的女儿该怎么办啊……

09 修罗

国安局侦察处的办公室里灯火通明。

法医的鉴定结论已经出来了，孙德志绝非正常死亡，是被注射诱发型病毒，导致病毒性心肌炎死亡。

“时间！时间！大家行动起来。”李正阳正在紧急部署调看更多天网监控视频。以孙德志死亡现场为圆心，方圆10公里的半径范围内的视频，都要看。孙德志在走到接头地点之前，就已经被人半路打劫，在这个范围内，所有和孙德志接触过的人，都必须调查清楚。

这个范围太大了，特别是孙德志好像在故意躲避一样，他没有开自己的车。根本不知道他是用什么方法来到这个接头地点的。

轨迹逐渐还原，从小区出发，孙德志打了一辆计程车，这在小区外的监控里看得清清楚楚，可是孙德志走到中途，大约东二环琉璃场的位置，就下了车，然后他在寒风之中，走过过街天桥，在街对面，站了一会儿，走入了右手边的巷子里。可是，就在这里，他躲入了一个天网监控的死角。那个深深的巷子里，就没有他出来的影像。

“轨迹断了。”陆晨道。

霍敏道：“别急，这说明他走到琉璃场之前，是没有和人接触过的。”

陆晨问：“琉璃场离案发地点还远……他怎么过去的？”

霍敏看着画面：“你注意到他的手没有？”

“怎么了？”

“他手上没有报纸。”

陆晨恍然大悟：“是啊，他手上没有报纸。”

“在这一段行程里，他是没有拿报纸的。可是在他死亡的现场，他手中拿着报纸。”

李正阳道：“嗯，小子很细致。这说明他在后半段的行程里获得了那张报纸。”

霍敏打了个响指：“放大他倒地的视频画面！”

画面放大了，孙德志倒在地上，他倒地之前，拿着这张报纸，挡住脸，作为掩护，好像生怕不拿报纸，就不能回避旁人的目光。“这是典型的做贼心虚啊！”

霍敏喊道：“是地铁！那张报纸是地铁入口处，免费领取的《当日快讯》！”

“马上调取琉璃场所有地铁线路的监控。”李正阳指挥手下干警。

“如果是在地铁内……”陆晨面露难色。

霍敏道："我知道你的想法，如果是在地铁内，那么拥挤的人群，能接触孙德志的，就太多了，要查出谁偷走了孙德志身上的密钥，难度依然很大。"

李正阳道："两个小崽子，这就是侦察工作，这就是上案子。没有锲而不舍，就没有金石为开！"

陆晨喃喃道："可是，似乎没有那么多时间了……距离'深海'密钥自动销毁，已经不到12小时了。"

地铁的监控已经拿到，技术组12名警力，正在紧张分析。从孙德志进入地铁开始，所有和他有过身体接触，哪怕是在车厢内有过肢体接触的，都必须纳入视线。

一个穿棕色皮衣、有艺术家气质的长发男子和孙德志在车辆启动的时候，碰撞了一下。"呀！"霍敏大喊，"你们看见了吗？"

"什么？"所有技术组干警大惑不解。

霍敏流着汗："见了鬼了，难道只有我一人看见了？"

李正阳喊："停，回放。"

视频又回放了这一段。"怎么了，敏哥？"技术组的小程问道。

霍敏一字字道："好快的手……'深海'密钥被盗了。"

李正阳道："放慢！"

视频慢慢回放，只见那长发男子与孙德志轻轻一碰，将一只修长的手伸了过去，他的手指夹着一块优盘大小的蓝色橡皮，伸进了孙德志的夹克衫，然后车身一晃，他手伸了出来，手指仍然夹着一个蓝色的物品。那个东西上面，打着330所的标记，一个LED显示屏上显示着：绝密。

密钥已经被调包了。

那男子和孙德志碰触之后，优雅地躬身，略表歉意，然后将密钥收入了口袋。说了一句日语，意思是对不起、不好意思之类的。

霍敏道："好快的手，好快的手！"

李正阳看着霍敏："好快的眼力！"

案件终于有了突破，霍敏从孙德志手里的一份报纸，推知了他的交通方式，最终缩小了视频侦察范围。现在一名身手诡异的日本男子浮出水面。

这名日本男子的照片迅速汇入信息库里进行比对。

李正阳紧急召集侦察处全体干警参会。在他的面前，站着二三十名年轻干警。330所遭遇的，很有可能是一个有组织的犯罪团伙。李正阳已经在保密电话里，把这名日本男子的情况通报给了省厅和部委。在最短的时间里，部里判断，盯上西川省330所的这伙人，极可能是一个潜伏已久的国际情报组织，代号"修罗"，"修罗"是日本神话中的魔神。而这名日本人，名叫车田浩二，是"修罗"组织里的重要人物，具体司职不明，单看视频里的身手，应当是个高超的行动特工。

敌人段位高了，战术也必须调整。李正阳请示上级后，作出决定，针对车田浩二的抓捕，必须采用小组作战制。

“我现在正式宣布，霍敏担任特别调查小组组长。”

“这算是临危受命吗?”霍敏问。

李正阳道：“实际上，对你的考验从今天早上就开始了。”他指的是，让霍敏和陆晨去机场拍摄指定目标。霍敏返回之后，李正阳向霍敏发问，要求霍敏描述指定目标前后的人员，这实际上是考察霍敏的观察力。而那趟飞机的航班信息和乘员信息，早就在李正阳手中。

“凭什么是他啊?”忽然一个声音从人群中发出。说话的叫胡飞将，比霍敏先入警三年，人很精瘦，一件黑色短夹克皱皱巴巴，好像很久没洗过一样。

李正阳道：“你试试看个视频然后把嫌疑人锁定?”

胡飞将不服气：“难道光靠眼神，就能把敌人杀死?”

李正阳正色道：“胡飞将!”

“是!”胡飞将腿一靠。

“这是命令，你现在也隶属特别调查小组!”

“啊……”胡飞将正要再说，他看到李正阳冷峻的眼神，他谁都不服，就服李正阳。

“还有……陆晨，有没有问题?”

“保证完成任务!”平时嘻嘻哈哈的陆晨也收起了调皮，他向李正阳敬礼。

李正阳继续点将，他眼睛看向大办公室的一个角落，那个办公桌前，一个短头发的女生正在分析监控视频。

“罗珊珊!”李正阳点名。

“是!”一个清脆的女声回应。

罗珊珊抬起头来，她眉清目秀，英气勃发，穿着淡蓝色小西装，里面一件白色衬衫，干练得很。她不喜化妆，刚毅中又带着柔美。陆晨暗恋罗珊珊多时，不过，有同事传言，罗珊珊挺关注霍敏的。

得知能和罗珊珊一起办案，陆晨真是心花怒放。“这么危险的任务，罗珊珊能干什么?”陆晨脑子藏不住话，就问了出来。

“逗比，罗珊珊是顶级黑客。”胡飞将嘲笑陆晨。他不服霍敏，自然也不会喜欢和霍敏走得很近的陆晨。胡飞将看着这个技术控、非主流的陆晨，感觉与他完全不是一个世界的人。

李正阳瞪他一眼，转头看着罗珊珊。

“罗珊珊，有没有问题?”李正阳问道。

罗珊珊道：“没有!”

绝对的服从，绝对的没有问题，这就是国安局的作战风格。

“你们要做的，是全力追捕车田浩二!在任何时候，可以获得任何程度的警力支持!”李正阳顿了一顿，他相信自己已经挑选出了最适合的人，他和“修罗”组织的人交过多次手，这帮人技艺高超，训练有素，是劲敌!

这些年，李正阳特别重视人才招录，每每发现有技能人才的苗子，他都亲自挑选，很大程度上，就是为和“修罗”组织开战作准备。

“还有什么要求？”

“我需要一台车……”陆晨道。

“我需要一支……枪。”胡飞将道。

李正阳看着罗珊珊，罗珊珊道：“不用了，我带上自己的电脑，别人的，我用不惯。”

李正阳看向霍敏。这个新晋的特别调查小组组长，正在发呆。“霍敏，有什么要求吗？”

霍敏头一抬，说出一个出人意料的要求：“我要今天上午那趟航班的所有信息。”

10 夜色迷人月如钩

锦城繁华似流水，夜色迷人月如钩。

锦城被称作不夜城，这些年已经发展成为国际大都市，夜晚的繁华，已经直逼上海、香港等地。

林立的摩天大厦的灯火映照夜空，云层中心被照得很亮。远处五彩的霓虹灯正闪烁舞动，更增添了城市的动感和节奏。

在锦江边上的小酒馆，聚集了各色男女，小酒馆背后是夜生活一条街，慢摇吧、酒吧、迪吧……音乐放得很大声。半个城市都喧闹着。

与喧闹相对的，是城市西面的330所。袁天任站在玻璃窗前，他没有开灯，隔着玻璃窗，看着远处的喧嚣和热闹。他的心却如同冰窟般沉静。

他回过头，面前电脑的屏幕亮着光，蓝光映照着他已经有些苍老的面容。摆在袁天任面前的，是一个红色的回车键。回车键，也就是确认键。电脑屏幕上显示着："是否终止销毁程序？"

袁天任颤抖着手，为了女儿，他似乎只能就范。只要按下这个按钮，他将走向深渊。不，他还可以寄希望于李正阳他们。如果李正阳他们逮捕了这帮丑恶的犯罪分子，他还能挽回一切。

他用力按下了回车键，屏幕熄灭。

整个城市也随之安静。

一道远程指令，通过330所的无线网络，穿过厚重云层，在乌云里驰骋穿梭之后，准确抵达了车田浩二的手中，他手中的密钥LED屏幕上的蓝光熄灭，恢复了正常。

应急销毁程序终止了。只要潘家明拿到应急优盘，确保袁天任无法再度启动远程销毁程序，车田浩二就可以放放心心地把密钥送出境去。

袁天任觉得手上似有千斤重，他看着已经熄灭的电脑屏幕，呆呆地想，那个年轻人霍敏说得没错，他什么都预见到了，真有他的。

不要小瞧国安局里的每一个人，这个道理，袁天任终于明白。希望他明白得不算太迟。袁天任的手机响起，他接了起来。

“叔叔，您好！”潘家明在电话那头，声音温柔又带着磁性，真是人畜无害啊！

“哼！”袁天任不想先说话。

“明天早上，我想约您一起喝早茶。”如果不知道潘家明的身份，光听他电话里的语气，真的会以为他是在讨好未来岳父。

“什么地方?”袁天任自然知道他说的是什么。现在销毁程序已经停止，密钥里的“深海”密码已经不受 24 小时销毁的保险制约，潘家明要的是那枚可以再度启动应急销毁程序的优盘。拿到这个东西，车田浩二才可以万无一失地送出“深海”密钥。

“锦城艺术馆对面的茶餐厅，我们来聊聊晓燕的事儿。”他把“晓燕的事儿”说得特别重，意在敲打袁天任不要报警。

夜晚终究会过去。

袁天任像那夜的孙德志一样，不停地抽烟，根本没有办法入睡，离潘家明约定的见面时间，还有 4 个小时。

霍敏在办公室的椅子上稍稍合了一会儿眼，他睁开眼睛的时候，罗珊珊已经利用黑客技术，攻破了潘家明的电子邮箱。

“他可能不叫潘家明。”罗珊珊开始推测。

“你怎么会怀疑上他?”陆晨问霍敏。

霍敏道:“你不觉得今天上午在机场的那个女生，和袁天任蛮像的吗?”

霍敏向李正阳提出的要求，是需要今天上午那趟航班的所有信息。这或许是一个巧合，那趟航班最后两名走下飞机的，正是潘家明和袁晓燕。霍敏在和袁天任通过的电话中，得知袁天任女儿今日回国，他本能地意识到有些不对劲，善意地提醒了袁天任，可是袁天任不仅不领情，而且不悦。

真像。最后一个走下飞机的女士和袁天任相貌真像。

不会是如此的巧合吧？孙德志出事、“深海”密钥失窃，目前已经知道对方是个国际情报组织，代号“修罗”，车田浩二只是其中一名行动特工。

车田浩二窃取到孙德志的密钥之后，必然知道这个密钥里的密码系统不能与密钥分离使用。袁天任壮士断腕，已经启动销毁程序，算作是失窃后对“修罗”组织的反手一击，这一击直达要害，车田浩二得物无所用。

霍敏把所有的情况梳理了一遍，他问自己：“如果我是‘修罗’，我会怎么办？”

那还用问！

拿下袁天任啊！

战争是残酷的，拿下了孙德志，袁天任的应急“撒手锏”挡在眼前，那就干脆一并拿下袁天任。

一想到袁天任的面容，霍敏觉得真是熟悉。就在今天上午，李正阳测试他能力的那趟航班，最后走下来的女生，和袁天任挺像。

霍敏已经拿到上午那趟航班的所有信息。

他直接翻开最后一名乘员信息：袁晓燕！

正是袁天任的女儿。

“那和她一起的男人是？”罗珊珊问。

霍敏回忆起对他的观察："他是袁晓燕的男朋友，身高1.8米左右，一身修身黑西服，笔挺得很。他对袁晓燕故作关心，嘘寒问暖，但神情过于紧张，似乎别有用心。此人穿着讲究，西服袖扣非常精致。他和她一前一后走出抵达口，他撇开她，独自用手机发了一个信息，那袁晓燕上前来的时候，他赶紧关了屏幕。"

他翻动航班乘员信息，潘家明的照片出现在他面前。这是张俊美、秀气、没有任何瑕疵的脸。

罗珊珊看着霍敏，眼中满是关切，不过霍敏却根本没有注意到。

霍敏道："查他，我觉得他有问题。"霍敏将乘员信息表给了罗珊珊，这是他新任特别调查小组组长后，发出的第一个命令。"嗯，交给我吧。"罗珊珊接过霍敏的指令。

夜很长，整个侦察处都没有歇着，连轴转着在搜查车田浩二可能藏身的地方。而罗珊珊则是隔着电脑屏幕，一直在追踪潘家明。

陆晨已经出去了，霍敏交给他一个特别的任务。现在小组里只有胡飞将还闲着，他也乐得闲，本来就不大喜欢霍敏，正好不用听他指挥。

"他根本就不叫潘家明。"罗珊珊的声音，叫醒了刚打盹的霍敏。霍敏一个激灵，这正好印证了他的推理，这个潘家明，有问题。

如果潘家明有问题，那么说明——袁天任已经被人盯上了！潘家明极可能也是“修罗”组织里的成员。

带上武器，行动起来！去接应陆晨。

霍敏早就让陆晨先行驾车去了 330 所。陆晨驾着车，穿梭在车水马龙中，他开得极快，他临走的时候和心中暗恋的女神罗珊珊搭讪：“咳，不用查了，这姓潘的小鲜肉，一看就有问题。”

罗珊珊冷冷回答：“陆少爷，别跟没见过世面的大学生一样，我们讲证据。”

陆晨讨了个没趣：“女神！讲证据是吧，我们赌一赌，谁先查出真相。”

罗珊珊向来一副冰雪美人的范儿，压根就没有看得起陆晨的意思，唯独在关注霍敏的时候，她眼里才有温暖的光。

陆晨驾车绝尘而去，直奔 330 所。

11 为你挡下的一发子弹

路灯刚刚熄灭，城市慢慢苏醒，这个世界似乎什么都没有发生。秋日的太阳依旧升起，勤劳的环卫工人依旧早早地上班，工薪族仍然挤着地铁公交拿着简单的早餐。

可谁知道这个不眠的晚上，发生了多少暗流涌动的重大事件。阴谋与战争，在人们熟睡中进行，隐蔽战线的较量，最是激烈。

在这个安静的黑夜里，发生了太多事：潘家明对袁天任发起了“组合拳”般的威胁攻势；袁晓燕被绑架；袁天任放弃了抵抗，终止了保险销毁程序；霍敏证实了密钥失窃，查出了孙德志半路被盗；“修罗”和车田浩二浮出了水面；为扭转正邪攻守逆势，李正阳紧急组建特别调查小组，霍敏临危受命……

天亮了，潘家明就要拿到可以再度启动销毁程序的优盘，车田浩二就要将密钥送走。

天亮了，霍敏带领的特别行动小组该如何应对这个局面？

这一切的关键，都在袁天任身上。

袁天任走在秋风之中，他比孙德志出门的时间还早些，他踩着一夜飘落堆积的银杏叶，心中想，孙德志前天早上，是不是也和自己一样的心情，一样的处境。

袁天任已经走到了锦城艺术馆。锦城艺术馆是个欧式建筑，具有巴洛克风格，颇具西方美学喜爱的大格局感。艺术馆背后的茶餐厅好像叫什么“会友食坊”。

袁天任穿着女儿送给他的毛呢大衣，大衣是修身长款，衬托出他的学者范儿，他的手臂下，夹着一个大大的信封，信封并非扁平状，中部有突起——里面是一个首饰盒大小的盒子。这个盒子里装的，自然是“深海”密钥的销毁程序应急启动优盘。这是反窃密的最后一道保险。

锦城艺术馆门口有一片空地，空地不大，有许多晨练爱好者。来锦城艺术馆的游客有点多，早早就在售票口排起了长队。艺术馆的看门大爷，打开了紧锁的门，来自世界各地热爱艺术的参观者鱼贯而入。

潘家明怎么还不现身?

袁天任有些着急了：“啊，是了，他约的是那个什么茶餐厅。”袁天任立刻向茶餐厅走了过去。在他前面，是排队入场参观锦城艺术馆的人们。

“嘿，别插队啊!”一个留络腮胡的胖子喊袁天任。

“不，不，我不是要进去……”他正要给人解释。

忽然有人拍他肩膀。

“叔叔，我买到艺术馆的票啦!”这声音真是充满爱啊!

袁天任转过头，就看见了潘家明。

“你……”袁天任正要说话，潘家明一把搂住他的肩膀，将他揽了过来。“叔叔，走，我们喝早茶去。”他微笑着向前面排队的游客说道，“谢谢，借过借过。”

袁天任肺都要气炸了，一想起潘家明对女儿使用的各种肮脏手段，他恨不得一刀捅死他。这王八蛋还跟没事儿人一样和他说说笑笑。

他被潘家明搂着，走到艺术馆售票处背后的一个小角落里。那里初升的阳光无法照见，稍微有些阴冷。“畜生，快放了我女儿。”

潘家明转过身，笑道：“叔叔，别急。我要的东西带了吗?”

袁天任下意识地看了一眼腋下的信封袋子。潘家明伸出手来，一把就要夺过。袁天任抓住袋子，死死不放。“我要确保我女儿安全。”

潘家明冷笑道：“盗亦有道，这个你放心。”

袁天任恨恨道：“对你这种阴险小人，还说什么放心?”

“拿来！老家伙!”潘家明手上发力，将袁天任差点扯了个踉跄。

潘家明看着袁天任，忽然双目中多了些深情：“我会保证晓燕安全的。大家各为其主，但我还是爱她。”

“你撒谎!”

“信不信由你。”潘家明收起了眼中的深情。

他自小被人吸纳入“修罗”组织，演技、谎言、算计、阴谋，是他成长中的全部。他为了拿下袁天任而接近袁晓燕，这么长时间里，他自己都说不清楚，是否对袁晓燕有过真情。袁晓燕天真、善良、阳光，差一点就融化了潘家明内心的千年寒冰。潘家明也在无数个同床共枕的夜里，对自己说，自己和她的男欢女爱不过是为了完成任务。人在一起久了，或多或少，会受些影响吧。“修罗”的头目敏锐地察觉到了潘家明情感上的变化，他只能是一个工具，绝对不能有感情。为了断绝他的念想，组织要求他在一次约会中，给袁晓燕的饮料里放入迷药，他身后是两名邋遢、龌龊、拿着照相机的白人男子，他把他们二人与昏睡的袁晓燕独自留在了屋内，他在门外抽着烟，他听着室内撕心裂肺的声音，眼泪也跟着流了下来。不用说，迷药事件之后，潘家明又扮演起了拯救者的角色，他非但不嫌弃她，还竭力保护她，袁晓燕甚至觉得潘家明就是她的一切。

“但我还是爱她。”潘家明说出这句话的时候，他自己都在问自己是不是真的。

这世界上最可怜的事，莫过于自己都怀疑自己。但可怜之人，必有可恨之处。

潘家明拿到信封的那一瞬，内心一阵狂喜，终于完成了任务，他眼里的贪婪和狡诈再也不用掩饰。他将获得一笔天价的酬金。“要不是老子帮忙，日本佬哪里能得手?”他说的，自然是车田浩二。

他检查了一下信封口袋里，并暗中观察袁天任的表情。袁天任胆子再大，也不可能拿自己的女儿开玩笑。现在，启动应急销毁程序的优盘已经在他的手上，他可以功成身退了。

他忽然转过头，看着袁天任，一字字道："叔叔，您是一个好父亲。"

袁天任几乎被这句话打垮，他颤抖着道："不，如果我多关心她一点，就不会……就不会……"他陷入深深的自责之中。

潘家明走了，走得很决绝。只留下袁天任独自一人站在熙熙攘攘的游客中。

这场没有硝烟的战斗已经宣告结束。

难道就没有办法还击吗？

锦城的银杏很漂亮，在银杏树下有很多长椅供游客休息，袁天任坐在长椅上，不知道什么时候，他身后已经多了一个人影。

那人轻轻拍了一下袁天任的肩膀。袁天任抬起头来，迎着银杏和阳光，他眯起了眼睛，但他仍然认出是谁来了。

"你来了？"袁天任问道。

"对。"他的声音很年轻。他的声音和他的人一样年轻，他沉稳又焕发着朝气，笃定又敏锐得很。

袁天任看着他，这个昨天跟随李正阳前来的小年轻，给他一种难以名状的信心。这年轻人看着潘家明离去的方向。“他跑不了。袁老爷子，我会还你一个公道。”

来者正是霍敏。

霍敏看着天空，像在等待什么。

潘家明已经走远了，他迟迟不动，这是怎么回事？

忽然霍敏的手机响起，一段视频跳了出来。袁天任欣喜若狂，视频里他的女儿袁晓燕在几名特警的保护下，从一个居民楼里走了出来。

就在两个小时前，陆晨率先抵达330所，发现销毁程序已经终止，他迅速向霍敏和李正阳报告了情况。霍敏立刻面见了袁天任，霍敏告诉袁天任，要想救出袁晓燕，就要调开潘家明，而袁天任必须在这个计划里充当诱饵，用一枚假的应急优盘，去和潘家明交易。

潘家明动身离开住处之前，罗珊珊就已经追踪到了潘家明手机的GPS位置。潘家明离开以后，特警迅速反应，直接解救了袁晓燕。袁晓燕没有受伤，只是昏睡了过去，潘家明甚至没有使用绳索，好像生怕勒伤袁晓燕。

好了，袁晓燕已经确认安全，袁天任的问题得到解决，要不要现在解决潘家明？

在这个问题上，特别调查小组里的意见发生了分歧。

“既然潘家明已经上钩，那就让他继续往下走，等他和车田浩二交接优盘的时候，一网打尽!”胡飞将一边紧跟潘家明，一边对着对讲机讲话。

罗珊珊反对这个方案，那枚应急优盘毕竟是假的，如果中途被潘家明发现，那两个目标都将失控。

“不，潘家明不会和车田浩二碰头。”霍敏推断道。

陆晨问：“为什么?”

“潘家明的任务，只是终止销毁程序，为车田浩二充当‘二传手’，我们想当然地认为他需要和车田浩二交接，其实潘家明只需要保证程序被终止，这个应急优盘被毁掉，车田浩二手里的密钥恢复原有的价值，他不需要和车田浩二会合!”

霍敏拿起对讲机，发出了一个清晰的指令：“行动!”

袁天任听见锦城艺术馆的方向传来一阵骚动。霍敏快步跟了过去。他知道兄弟们已经开始对潘家明实施抓捕。

霍敏刚跑了几步，一道冷光闪过，他听见一声震耳欲聋的枪响。这不是警用的手枪。换言之，潘家明在作困兽之斗。人群开始四散，艺术馆前面的广场开始混乱。

“不对，枪声根本不是来自潘家明。”他辨明方向。

一名黑衣男子隐蔽在艺术馆正东方向的一个楼台之上，冲正在抓捕潘家明的陆晨等人放枪。

有人接应潘家明。

霍敏冲了上来，他对耳机里喊：“陆晨，带人跟上胡飞将，拿下居高的人。珊珊和剩下的人，跟我来，潘家明要跑。”

“是!”

潘家明在人群中狂奔，他不顾一切地冲撞迎面而来的人群，此刻的他已经无法保持优雅，如丧家之犬。

锦城艺术馆背后有一条散步绿道，从正西方向的正席路可以直接抄近路拦截。霍敏闪身钻入正席路，分两头拦截潘家明。潘家明急促地呼吸，拼命地奔跑，他对自己的体能很有信心，他忽然脑子一转，他的任务就是毁掉这枚可以启动销毁程序的优盘啊！他放下信封口袋，一脚下去将里边的优盘踩得粉碎。

他自以为搞定了，无论自己是否落网，车田浩二依旧可以完成组织交代的任务。他抬脚又要跑，忽然一阵风从面前扑来，霍敏赶到了，他冲了出来，将潘家明扑倒在地，二人扭打起来。

罗珊珊率人赶到，正好目睹这一惊险场面，“啊——”她心想，“这霍敏平日文质彬彬，没想到发起狠来，居然是玩命的!”

正当霍敏就要铐住潘家明时，蓦地一阵马达轰鸣，一辆摩托飞速而至，车上骑手戴着厚重头盔，车头直冲霍敏而来。

罗珊珊冲前排的干警大喊：“把枪给我!”她接过警用手枪，一个箭步冲了出去，举枪，瞄准，枪口发出干脆的声响。这平日里不显山露水的女生，竟然是如此神勇。

那潘家明应声倒地，这一枪之威，使得骑手车头偏了一偏，他余速不减，直直向绿道旁的护栏冲撞而去。罗珊珊和霍敏对望一眼。

霍敏上前按住潘家明，潘家明手臂中弹，血流不止，霍敏冷冷道："我说过，要给袁家父女一个公道！"

潘家明恶狠狠地道："去你的公道。"他手中多了一支象牙手枪，这种贴身手枪最是难防，手枪只有一把梳子大小，只能装填两枚子弹，却可以顺利通过任何安检金属扫描。但它枪身的撞击力不够，射程有限，只能用于近身暗杀，是当前各国特工常用的一种隐蔽武器。

"见鬼去吧！"潘家明大喊。他终于等到了机会。

"当心——"罗珊珊扑向霍敏，将他重重推出，这一发子弹正中罗珊珊肩头，她的手枪甩了出去，她几乎痛得晕厥。潘家明再次举枪，对准了罗珊珊的头。

"啪——"潘家明看见霍敏愤怒的脸，霍敏在倒地的一个转身后，迅速抓起了罗珊珊抛落的手枪，枪声几乎震聋了潘家明的耳朵，霍敏开枪打中了潘家明！在潘家明击中罗珊珊的前一秒，他击中了潘家明握枪的手。这真是生死毫差！

"带我走！"潘家明嘶吼着，他忍着剧痛，奔向那摩托车骑手。

"啪——"霍敏再次开枪，击中潘家明腿部，他倒了下去，用力向同伴爬过去。摩托车骑手已经再次发动了摩托车。

"带我走——我不想坐牢。"他抓住了摩托车骑手的裤腿。

“求你，带我走。”潘家明乞求道。

摩托车骑手拿出匕首，一把推入潘家明的喉咙：“组织会善待你家人。”潘家明那绝美的脸庞已经没有了血色，他用双手按住喉咙汩汩而出的鲜血，鲜血带走了他的全部力气，他像烂泥一样倒地，拼着最后一口气，拿出一个视频传讯器，按下发送键，将霍敏追击摩托车骑手的身影发送了出去。他就算是死，也要告诉同伴，不要放过霍敏！他知道，他的这位同伴一定会替他报仇。这世界上，只有“他”会真心待他。

摩托车绝尘而去，霍敏不再追击，返回查看罗珊珊的伤势。

“罗珊珊！快，呼叫救护车！”霍敏心中乱成一团。他判断错了，这潘家明不是孤狼，来接应他的人，还不少，这是他第一次指挥特别调查小组作战，就犯了轻敌的大忌。他脑门一跳，陆晨和胡飞将带人去收拾第一个接应潘家明的枪手，他们有没有遇险？

“陆晨，陆晨，呼叫陆晨！”

“收到！”对讲机里传来夹杂着电磁的声音，是胡飞将，“枪手已经搞定。”

霍敏松了一口气，陆晨问：“怎么样，你和我女神也搞定那小王八蛋了吧？”

霍敏一阵自责：“嗯，搞定了……你……快来医院吧！”

警车和救护车飞速驰往最近的军区医院。在救护车上，罗珊珊的脸色因失血而变得惨白。霍敏喊道："罗珊珊，你可别有事儿啊！"

她缓缓睁开眼："怎么了？"

"陆晨非打死我不可！"

罗珊珊苦笑道："死不了。人抓住了吧？"

霍敏心想，这女孩儿真是强大得很。

慌乱的医院过道里，罗珊珊的担架车快速推动，医院天花板上的白炽灯有些刺眼。罗珊珊中的这一枪，再矮一点就是心脏。手术室门口的红灯亮着，霍敏和众人坐在外面。霍敏手机响起。

李正阳的声音从手机里传出："怎么样？"

霍敏道："唉，壁虎断尾，潘家明死了。"

李正阳道："别丧气。"

"罗珊珊怎么样了？"

霍敏道："刚进手术室。"

李正阳停顿了一下："这帮王八蛋！"

一阵车轮和地面剧烈摩擦的声音，陆晨一个甩尾，将车扔在了急诊室门口。他冲了进去。

"搞什么飞机啊?！莫名其妙的行动，把珊珊弄成这样！"陆晨大喊。

霍敏道："现在敌人确确实实逼上了袁天任，应急优盘差一点就落到敌人手中，密钥还没有追回，怎么叫莫名其妙？”罗珊珊是和霍敏搭档的时候受的伤，直接点说，她是为保护霍敏受的伤，他内心本就难受。

陆晨心痛如绞。在霍敏的记忆里，这个乐天派的陆晨，似乎从来没有发过这么大的火。陆晨问道：“那你说现在什么情况？”

霍敏道：“敌人有备而来，潘家明这条线是挡住了，可是密钥仍然在车田浩二手里。”

陆晨大声道：“敌人有备而来，那为什么我们不先部署再行动?!”

霍敏再也按捺不住：“我是神仙啊?!”

“霍——组——长，咱们就这几个人，几条枪！怎么解决这么大的问题?”

霍敏直接给他顶了回去：“怕死就不要干警察!”

“这哪儿是孤狼，你怎么判断的？这是群狼作战啊!”陆晨直指霍敏判断失误。

“那又怎么样?! 潘家明和车田浩二根本就没有接头，他们两条线行动，只有抓住潘家明才能摸出车田浩二啊!”

陆晨喊道：“要不是你，珊珊就不会受伤！行动要经过脑子啊！小组长!”

霍敏激动道：“够了，有什么我来扛!”

陆晨咄咄逼人：“你扛不了!”

霍敏正色道：“警员530801！不用你来教我做事!”霍敏毕竟是上级，这是纪律部队，必须服从命令。

陆晨盯着霍敏：“你……”

“这是医院，这位先生，请安静些。”一名护士走了过来。

胡飞将都看不下去了，他简直没有想到这个平日顽劣不羁的陆晨，对罗珊珊有这么澎湃的情感。胡飞将来打个圆场：“要是不行动，潘家明这条线确实也断了，我们等不到他和车田浩二会合……他的任务目标，只是阻止销毁程序，为车田浩二争取时间。”

“老胡，你别帮他说话!”陆晨瞪了胡飞将一眼，他二人刚刚和枪手搏命激战，相互配合掩护，建立了战场上的友谊，连称呼都改了。陆晨一甩衣服，转身出门。

医院过道里，白炽灯映照下，是霍敏气愤的脸。

12 心理战

壁虎这种生物，在遇到危险的时候，会选择折断自己的尾巴，以掩护自己的本体逃生，不久后，尾巴又会长出来。

潘家明现在就是那条尾巴，他被国安局死盯上，为了封住他的口，他的上级选择了壁虎断尾。那名摩托车骑手，恐怕不单是为了救他而来，既然救不出，那就要负责灭口。

空荡荡的办公室里，霍敏一个人闷坐着。潘家明这条线断了，罗珊珊受了伤，车田浩二还逍遥法外。虽然袁天任可以再度启动保险程序，销毁车田浩二手中的“深海”密钥，可是对于国安局来说，他们的工作目标，是保护国家利益，如果仅凭袁天任的应急措施来应对敌人，那么要他霍敏有何用？要李正阳有何用？国家养兵千日用兵一时，这一仗还没完。

霍敏向来倔强，他很快沉下心来，收拾好情绪。一定有办法追回密钥，收拾车田浩二。潘家明虽然成了死人，可是在现场那个楼台上占据制高点，掩护潘家明的枪手已经落网。这是目前案件唯一的突破口。

霍敏打起了精神说道：“马上进行审讯！准备一下，我来主审。”

警员向他报告：“组长……陆晨已经进审讯室了。”

霍敏也不生气，陆晨心中有气，急于为罗珊珊报仇。“由他吧！”

趁着陆晨和干警进了审讯室，霍敏走到李正阳办公室，向李正阳汇报了情况。李正阳没有对他失去信心，他赞扬了霍敏推理准确，起码成功截下了潘家明，救出了袁晓燕，保住了袁天任手上的保险应急优盘。

李正阳的指示也是明确的，下一步，必须搞清楚，车田浩二在哪里。潘家明反复对袁天任提到今天就要把密钥送出去，那么是用什么样的线路送出去？整个西川已经全面布防，任何一个安检口，不论机场、汽车站、火车站，都不可能放过疑似密钥的东西。他潘家明怎么就对车田浩二如此有信心，一定能躲过侦察，安然将密钥送出去？

李正阳和霍敏针对案情研究了好一阵，陆晨和胡飞将已经走了进来，看来陆晨已经结束了对狙击手的讯问。霍敏先开口：“小陆子，怎么样？”

陆晨责怪霍敏指挥不力，造成罗珊珊受伤，但工作毕竟是工作。他火也发了，气也顺了不少，他和霍敏毕竟是好兄弟，冷静想一想，那罗珊珊受伤，也不能全怪霍敏。想到这里，陆晨表情也和善了些。他把讯问笔录交给霍敏：“问不出什么东西。这人心理素质好得很，几乎没有破绽。”

霍敏看了看档案："林世雄，男，四十岁，中州人……"原来陆晨和胡飞将扣下的这人名叫"林世雄"，倒是一个普通得很的名字，也不知道是不是真名。

陆晨也不是一无所获，他说："根据国际通报，国际情报组织'修罗'麾下有个叫'夜叉'的，恐怕说的就是善演善变的潘家明……这林世雄，是特种兵退伍军人，经过特殊的心理素质训练，一般的审讯，根本撬不开他的嘴，这样的人不知道什么时候被征募进了这个组织。"

"特种兵？"霍敏问。

"对。"胡飞将颇有些得意，他能抓住林世雄，正是能力上力压霍敏的表现。

霍敏闭上眼睛想了一想。"时间紧迫，再突击审问一次。"

李正阳问："谁主审？"

霍敏道："我主审。我来会会他。"

李正阳又问："谁配合？"

霍敏转头，看着胡飞将。胡飞将道："我？"

李正阳问："有什么问题吗？"

胡飞将立正答道："没有！"

冰冷的审讯室里，林世雄正傲慢地坐在椅子上，他面容凶狠，又透着一丝阴鸷的邪气，这种气势，让人下意识地想起电影《解救吾先生》里王千源扮演的"绑匪贼王"。王千源真是把那个凶狠、残酷、冷静、沉着、阴鸷的贼首演活了。眼前的林世雄，就是电影里的王千源现实版！

霍敏和胡飞将走了进去，他故意带上胡飞将，林世雄你不是心理强大吗？你可是胡飞将的手下败将！林世雄抬头看了一眼胡飞将，竟然愣了一下。

“林先生，久仰了。”霍敏开门见山，传递出国安局盯了你很久的意思。

林世雄问道：“你是？”

霍敏道：“我姓霍，是福不是‘霍’，是‘霍’躲不过。”

“小朋友，你挺幽默。”

霍敏道：“是‘霍’躲不过，说的就是我审过的所有嫌疑人，都躲不过。”

林世雄半眯着眼睛：“是你抓的我？”口气颇为轻蔑，意思是他只向强者低头，霍敏这文艺小年轻，不配问他话。

霍敏看了一眼胡飞将。胡飞将开口道：“是老子抓的你。这是我们行动总指挥！”

霍敏立刻占据了审讯地位上的优势，直接在气势上震慑林世雄：“决胜千里，是我抓的你，手下败将！”

林世雄眼珠狡猾一转，反客为主：“哦？我犯了什么事儿？”

胡飞将差点气笑了，闹市区里拿着枪掩护潘家明，这还好意思问犯了什么事儿？

霍敏盯着林世雄，一字字道：“林先生，你涉嫌犯的是危害中国国家安全的罪。”

林世雄矢口否认：“我没有。”

霍敏道：“林先生，你知道什么是危安犯罪吗？”

林世雄道：“不知道。”

“你连危安犯罪的内涵定义都不知道，你就说没有犯事儿，你不觉得荒唐吗？”

林世雄哑了。霍敏是中州政法大学刑侦系的科班生，在他的求学生涯里，学得最好的，是犯罪心理学和审讯学两门课。面对一上来就气焰嚣张的犯罪嫌疑人，霍敏迅速采用组合拳，以彼之矛，攻彼之盾，打压他的气势。

林世雄沉默了半天：“国安局就只会耍嘴皮子吗？”

霍敏听他这样说，知道此人已经对刚才初次交锋失利认账，急于转换话题，他要谈证据。目前，林世雄可以是故意伤害、妨碍公务、持有枪支等任何一种罪名，可是要认定他犯危安罪，还欠火候。最最关键的问题是，打击林世雄根本不是目的，他只是来掩护潘家明的，仅此而已，他和背后的“修罗”比起来，危害小多了。

霍敏冷笑：“林先生，你是要证据对吗？”霍敏也不急于点破。

“我既然来了，就没想过出去。”他知道霍敏他们想追缉车田浩二，他打定主意，只要不承认是组织行为，个人受雇保护潘家明，线索就可以从他身上断掉。他心中底气足，直接将军，想像击退陆晨一样击退霍敏。

霍敏做轻松状："林先生，我其实挺欣赏你的，有勇有谋。"

他停顿了一下："但是你能扛得住，潘家明能扛得住吗？潘家明可是抓的现行，那枚应急优盘还在他手上，他承认受'修罗'指挥，以各种肮脏手段，窃取袁天任手中的国家秘密！他已经表示要立功检举，争取轻判。"林世雄根本不知道潘家明已死，要是潘家明被认定为有境外情报组织指使，并指认自己也是组织中人，那么自己的定罪防线就被撕开了。

林世雄手指动了一下。

霍敏乘胜追击："林先生，心理学上有一种说法叫微反应，指的是人在遇到刺激的时候，会不自觉地发出植物神经反射，这些反射包括呼吸、皮电、心跳，你刚才为什么要动手指，潘——家——明有那么可怕吗？"他用微反应的科学性逼对方，让对方更心虚。

林世雄道："霍警官，我在部队里，不巧也学过一些心理学，潘家明是什么人，我不知道，只是他给了我一笔钱，让我今天去掩护他。我不清楚什么'修罗'，潘家明并不可怕，我只是怕他诬陷我。"

霍敏道："潘家明说，你会在事成之后，和这个人会合。"

他拿出了车田浩二的照片。

林世雄眉毛跳了一下。

这个细节，自然被霍敏捕捉到了。霍敏已经证实了自己的猜想，这个林世雄绝非简单受雇来掩护潘家明，他们根本就是一伙的。

“厉害啊，持有枪支、暴力抗法、故意杀人、拒捕……已经不少刑期了。车田浩二一旦把东西送出去，损失造成，他将成为国际通缉犯，而你和潘家明，都是共犯！不知道数罪并罚，会不会是死刑？潘家明可是戴罪立功咯——”霍敏敲着桌子。

林世雄额头上开始冒汗，他说道：“我真的不认识照片里这个人。”

“林先生，我听你刚才说，你是军人，对吧？”

“曾经是的。”他眼里闪过一丝难以捕捉的自豪。

霍敏一字字道：“一日为军人，终身为军人！你帮外国人窃取国家机密，危害国家重大利益，你知道五千年中华民族文化里最恨的是什么人吗？”

林世雄不说话。

“是汉奸！”

林世雄额头上开始流汗。

霍敏抽出他档案里的一张照片，照片里是林世雄和他的孩子。“你为什么要流汗？因为你怕，因为你还有个儿子！”霍敏停顿了一下，接着振聋发聩地呵斥道，“你可以自己做汉奸，你难道要让你儿子永远也抬不起头吗？”

他用微反应点破林世雄流汗，几乎完全震慑住他了。

林世雄心理防线崩溃，趴在桌上。

“看着我的眼睛，如果你罪名成立，你儿子以后怎么成长？他的同学、朋友会接受他的父亲是一个汉奸吗？现在潘家明把所有罪名都推到你身上，你就是‘修罗’组织里的‘夜叉’！”

“不！”林世雄激动起来，“他妈的潘家明才是‘夜叉’！”他脱口而出，惊觉失言。

胡飞将看着霍敏，心中有些佩服起来：“厉害，审讯也是一场战争，这林世雄已经败了。”

林世雄脑子一片空白，他最后听见霍敏口齿清晰、义正词严地对他说：“你现在还有一个立功机会！告诉我，车田浩二和你约定在什么地方会合？”

13 决战“大蛇”

军区医院里的白炽灯很明亮，让人分不清白天和黑夜。医院的走廊安静得很。罗珊珊的病房外站着李正阳，他隔着门上的窗看着里边，里边陆晨正陪在罗珊珊旁边。罗珊珊已经脱离了危险，再休养些日子就能好。罗珊珊俊俏的脸庞上慢慢恢复了血色，她没有睁开眼睛。

陆晨小声道：“女神，我们要外出一趟，很快就回来，等回来的时候，我们打的赌，就要见分晓。”他说的是，他之前和罗珊珊赌谁先查出真相。

罗珊珊依然睡着。

“林世雄已经招供了车田浩二的行踪，我一定把这些人全部抓住。”

霍敏来了，他在病房窗户外敲了敲玻璃，陆晨抬头看了他一眼，时间到了，准备出发。霍敏透过窗户凝视着罗珊珊，这是个勇敢的女孩儿，他心中突然涌起一种复杂的情愫。这种情愫在他与前女友刘芸分手后，一直蛰伏起来，罗珊珊似乎给了他沉闷的内心一声清脆悦耳的钟响。

很久以前，霍敏和刘芸看过一个很老的片子，叫《中南海保镖》，主演是李连杰和钟丽缇，年轻时的李连杰很帅。讲的是女主杨倩儿因为目睹一起凶杀案而成为权势人物追杀的目标，而女主那忙于生意的男朋友无暇管她生死，于是雇来了保镖许正阳，许正阳与杨倩儿在屡次共患难之后，产生了情愫。

影片末尾很震撼，杀手劫持了女主，对女主的富豪男友喊道："你不是有钱吗，你是否能买个人替她挨一枪？你是否愿意自己来替她死？"男友退缩了，而男主许正阳冲上前去，用身躯替女主挡下了子弹。影片里男主自我解释，说这是经过特殊训练的保镖的本能。

那个时候的霍敏，不知道何为国安局，不知道什么保镖的任务感、使命感，他只是很震撼：在这物欲横流的世界，是不是真的有这样的情景，可以拷问真情？要什么样的真心，才可以为你抵挡飞速而来的子弹？

当年的刘芸笑霍敏心思太重，看个老电影都那么多感触。可是这样的感触，在今夜回忆起来，霍敏觉得异常清晰，他一直用工作的忙，来掩盖与刘芸分手的痛，他变得深沉，他以为自己的内心已经静如水、寒如冰，没想到今天罗珊珊的举动，还是让他感动。罗珊珊这个举动即便无关情爱，那也真是让人刮目相看。

霍敏想，我们是团队，你虽然不能上场，我们三人帮你好好揍车田浩二一顿，就当给你出气。

林世雄交代了与车田浩二会合的地点。不出所料，他和潘家明、车田浩二，是这次行动的四人小组成员中负责外线行动的，车田浩二代号“摩睺罗伽”，就是“大蛇”的意思。四人小组中另外一个人即当天接应潘家明未果的摩托车骑手阮锋，代号“天狗”，是组织里的行刑官。

而策反孙德志的行动，则是另外的人在执行。

林世雄的口供是突破车田浩二的线索，可是最初的疑团仍然没有解开：孙德志当晚焦急等待的女人，究竟是谁？霍敏反复审讯，林世雄对此一无所知，“修罗”组织内各有分工，根本不能过问不同组别的行动，他们三人只是负责外线，而策反孙德志这一类的任务，是埋得最深、潜伏最深的成员经手。

这就是说，除了目前浮出水面的四名行动特工之外，尚有层级更高的特工潜伏在330所周围。

管不了那么多，先解决车田浩二和阮锋再说。和优雅的演员潘家明不同，车田浩二和阮锋都是亡命之徒，连凶狠的林世雄说起阮锋的时候，眼神里都有惧怕：“阮……阮锋擅长玩……炸弹！”

临行前，李正阳对霍敏说道：“不排除狗急跳墙、困兽之斗，那就会伤及群众……先秘密行动，锁定目标，尽量控制战斗范围。有没有问题?”

霍敏坚定地回答:“没有问题!”

出发,中州!

锦城的旁边是中州市,这个地方的火锅和夜景很有名。当林世雄说出接头地点的时候,霍敏的心被刺了一下。这个地方他太熟悉了。他在中州政法大学度过了大学时代,也在中州遭遇了最惨烈最失败的爱情,前女友刘芸,就是他在中州认识,然后又在中州走丢的。

他太熟悉那个地方了,几乎熟悉每一寸土地,他和刘芸谈恋爱的时候,常常外出游玩,那种手牵着手、无忧无虑的日子仿佛还在眼前,而现在他就要带队去和人兵刃相接。

对手是亡命之徒,这一役受伤难免,希望不要有牺牲。那个烟花璀璨的中州,不要变成血流成河之地。

洪崖洞被称作中州夜景之首,是座依山而建的吊檐古建筑。在洪崖洞一家热火朝天的火锅店里,车田浩二和另一名男子一身游客打扮,正在大吃大喝。由于李正阳紧急封锁了出入西川的交通要口,所有机场、汽车站、高铁站、邮检快递都严查一枚疑似优盘的东西,车田浩二已经不可能在西川将密钥送出去了。车田浩二在网络上报名参加了一个自驾驴友团,开车从锦城,奔赴300余公里来到中州,绕开了李正阳的包围圈。而在中州,他又将换成水路,跟着驴友团,乘坐沿长江三峡而下的游船，直接抵达出海口，再从海路出去。

车田浩二和阮锋扮起游客来，同团游客根本没有起疑。到了中州，驴友团自然要来游览洪崖洞，吃朝天门火锅。

这洪崖洞北临嘉陵江，南接解放碑沧白路，以最具巴渝传统建筑特色的“吊脚楼”为主体，依山而建，分层筑台、吊脚、错叠、临崖等山地建筑形式，形成了别具一格的“立体式空中步行街”，成为最具层次与质感的城市景区商业中心。

吊脚楼属于栏式建筑，依山就势，远远看去，房屋构架简单，开间灵活、形无定式。随坡就势的吊脚楼群，形成线性道路空间，吊脚楼的下部架空成虚，上部围成实体。

洪崖洞的夜景，美得震撼，让人窒息。他二人一边赏景，一边大快朵颐地吃着火锅，真是气定神闲。一名服务员走了过去，端着餐盘的手轻轻敲了一下手表。餐盘底部一个细小的摄像头照到二人。画面传回指挥车内。霍敏等人认出其中一人正是车田浩二。

霍敏闭上眼，当日那头戴摩托车头盔的男子，一双锋利的眼睛浮现在他脑海。“错不了，这双眼睛，就是他。”他对自己的观察力充满自信。

“各单位请注意，目标已经确定，画面里的正是车田浩二和阮锋。不要轻举妄动，听我指挥。”霍敏拿着对讲机，他感觉得到自己声音有些激动。

“陆晨，陆晨，呼叫陆晨，马上确认密钥在不在。”

“看我的。”对讲机那头传来陆晨的声音。他此刻正扮成一名电视台的摄影记者，准备航拍洪崖洞夜景。

一架小型无人机缓缓升空，在吊檐建筑外飞来飞去。飞机发射红外探测电波，显示屏显示出车田浩二旁边背包的影像——密钥。

“是不是这个？”霍敏问。图像立刻传送回了指挥总部，李正阳看着旁边的袁天任。作为330所的掌门人，袁天任自然不会看错，他猛地点头道：“就是！”

霍敏紧张起来：“各单位请注意，准备行动。车田浩二和阮锋都是亡命之徒，大家小心！切记小心，避免伤及群众。”

“敏哥，目标要结账走人了！”陆晨在航拍机里看得清楚，车田浩二和阮锋准备结账走人。

“行动！”

“老胡，先解决车田，他出手很快，当心。”霍敏对着对讲机道。

“老胡？很熟吗？老子去会会他。”胡飞将不忘顶撞霍敏。

胡飞将扮作游客，迎了上去，他神色和善，用日语请车田浩二帮忙拍张照。车田浩二答应了。

车田浩二用日语问：“您是来自？”

胡飞将答：“我来自大阪。”

“您的口音不像是……”他拿起胡飞将的手机，一按快门。

“啊，《达坂城的姑娘》那个‘达坂’，不是日本的大阪。”胡飞将信口胡诌，他自己把自己给逗乐了。

“啊——”车田浩二惊觉有异，一股强力电流从指间迅速传遍全身，他立刻被电击击中，原来胡飞将的手机是个伪装电击器。

车田浩二四肢麻痹，他心知中计，却不肯束手就擒。胡飞将和车田浩二缠斗起来。车田浩二用日语喊了一声，将腰间小包解开，扔给身后的阮锋。那密钥自然是在小包之中。阮锋抓起小包，纵身一跃，就跳出了火锅店窗口。

那洪崖洞倚山而立，足有十五层大厦般高。

阮锋从火锅店的窗户跳出，稳稳落到第四层的民俗街步道之上。民俗街的两边是许多售卖小物品的商贩，张灯结彩，热闹非凡。

“围住阮锋！陆晨，盯住他，别让他跑了。”霍敏喝道。

“跑不了！”陆晨遥控着无人机，自上而下，盯着阮锋。身着便衣的五名国安干警冲了上去，在民俗街追击阮锋。

“他妈的，快让开！”阮锋口中一边大喊，一边在游人中冲撞，便衣干警追了上去。

霍敏放下指挥耳机，打开指挥车车门，冲了出去，阮锋正带着密钥在逃亡，他必须抓住阮锋。

阮锋已经跑到了四楼民俗街的尽头，那里是一个山壁，山壁上蔓草青青，石头光滑，往上看去，与上面一层的吊檐楼建筑相距不远，但却非跳跃所能翻上去。洪崖洞的每层楼都横向生进山壁里面。阮锋已经被便衣干警堵死。

“举起手来！别动！”干警高声喊道。

阮锋忽然冷冷一笑：“都他妈别过来！”他拉开上衣，露出身上绑着的一排炸弹。连凶狠的林世雄都怕阮锋，因为阮锋可以玩儿命！

“啊——”干警们大惊。这可是闹市区。那排炸弹的量，足以造成半个洪崖洞塌陷，这里起码有上万名游客！

“收起你们的小米枪，识货的该知道我这些宝贝见不得火。哼！”

正当干警有所顾忌之时，阮锋手一抬，不知用了什么手法，打出一根吊绳，那吊绳的一头是坚固的特质铁钩，他手法极准，直接从他所站位置甩上山壁，钩住上面三层的一处吊檐。阮锋向山壁外一跃，拉着吊绳，像蜘蛛人一样攀了上去，他速度极快，众人不敢放枪，他转眼就攀上洪崖洞的第六层步道。

霍敏冲了上来：“阮锋，你跑不了了！”

霍敏扑了出去，竟然徒手去攀爬山壁。阮锋在崖上一回头，看见霍敏爬了上来，这山崖有十五层楼高，阮锋以为自己身手非凡，又绑有炸弹，只要警察不敢追上来，他很快就可以爬上顶端，然后跑到解放碑沧白路，在人山人海的游客中，消失得无影无踪。他万万没想到，居然有个小年轻，玩命似的追了上来！

“别过来，我要引爆炸弹！”

霍敏迅速追上了阮锋。阮锋单手持绳，右手伸出两指，直插霍敏双目。霍敏侧头避让，快速还击。二人挂在山崖之上追逐、攀爬、打斗，以命相搏，众人不敢上前，怕反添累赘，这种环境下的硬斗，一旦跌落，势必粉身碎骨。

“快看！有人拍电影。”“呀——那是蜘蛛侠吗？”越来越多的游客围到步道紧挨山壁的一侧观看二人打斗。

“大家快闪开！快闪开！”陆晨呼喊这帮围观群众，他心中嘀咕，拍什么电影啊，霍哥这可开不得玩笑啊，这个高度跌下去，绝对摔成番茄汁！我结婚的份子钱你还没给呢！

“怎么办？怎么办？”陆晨在四楼民俗街仰望山壁上二人打斗，急得团团转。“有了！”陆晨抓起无人机遥控器，他虽然没有追上去的本事，可是他有武器。“21世纪什么最贵，还是科技。大黄蜂，靠你了！”他给自己的无人机取了个名字叫“大黄蜂”。

无人机飞速提升，往阮锋抓绳索的手上撞去，阮锋痛得叫了一声。他气急败坏，一脚蹬开霍敏，霍敏险些滑落。那无人机机身不重，即便加上俯冲的加速度，仍然没有办法产生较大的撞击力，根本不能给阮锋造成大的伤害。

“撞他眼睛！”一个声音从背后喊出。陆晨这才反应过来：“对呀，我怎么就没想到呢！”他一抬手，一通操纵，大黄蜂在空中掉过头来，直接向阮锋的眼睛撞去。

“啊！”阮锋侧头避过，身形顿失，霍敏趁机两拳招呼到他胸口。大黄蜂在空中盘旋，霍敏已知陆晨心意，气势大增，他得大黄蜂相助，犹如多了一臂，焉能不胜？单手抓着绳索的阮锋，如何是他的对手？霍敏出手了，他单手抓紧山壁的凹凸部位，右拳专攻上三路，大黄蜂与他配合无间，同时出击，阮锋无法招架，急于败走，他放弃攀崖逃跑的路线，往上爬了两步，跳回八楼步道。霍敏紧随其后，从一个酒吧的窗户跳了进去，也稳稳落到八楼步道。

一场崖上搏命终于结束，霍敏背心阵阵冒汗，指挥室里李正阳的手松开了，他发现自己掌心全是汗。罗珊珊也来到指挥室观战，她坐在轮椅上，紧张地看着霍敏。

“珊珊，你怎么来了？”

罗珊珊看着屏幕道：“我和我的队友同在。”

“快！上去支援霍组长！”干警开始火速行动。

陆晨一回头，正寻找刚才是谁献了“撞阮锋眼睛”的妙计，只见胡飞将背手而立，他脚下踩着车田浩二，那日本人双手被铐住，口中正哼哼唧唧，貌似在问达坂城是哪儿。胡飞将毕竟是搏击高手，精通泰拳、散打、咏春、跆拳道等多种武术，他和车田浩二在斗了近百回合后，成功拿下车田浩二。

“老胡，真有你的。”

“力量之道，不在于大小，在于打击到敌人的关键部位。”胡飞将故作深沉，“不过……咳……这霍敏，不，组长真是令人刮目相看啊!”他目睹了霍敏和阮锋崖上的打斗，不由为霍敏的英勇点赞。

洪崖洞八楼步道更为热闹，各种酒吧餐吧聚集着男男女女。“不想死的都滚开!”

“有炸弹——”有人大喊，人群开始骚乱。

阮锋像无头苍蝇一样奔跑起来，人群涌动，远处的狙击手根本没法开枪。

胡飞将和陆晨紧急疏散人群：“别怕，别怕啊，他不敢引爆!”阮锋不敢引爆，那枚价值连城的密钥还在他身上呢，他犯不着把自己的命赔进去。

“救命——”“快跑啊——”人们像是受惊的羊群一样奔跑，绑着炸弹的阮锋就像是追赶羊群的鬣狗。前面有人被推倒在地，瞬间被踩踏。

“哎哟——我的孩子!”人群中有一名妇女大叫起来。霍敏追了上来，他看到在人群冲撞之下，一个三岁左右的孩子被撞倒在地，大哭不止，这小孩眼看要丧生在人群踩踏之下！他向前一扑，抱起小孩，裹入怀中，“哎哟!”瞬间，他背上不知被踩踏了多少脚。他把小孩抱在怀中，安慰道：“别怕，我是警察叔叔!”那小孩胖嘟嘟的脸极其可爱，一双天真的大眼睛看着霍敏，立刻收住了眼泪。

“叔叔你为什么不穿警服啊?”

霍敏背心痛得说不出话来，他心里嘀咕：这问题怎么回答？国安局的警察都是隐蔽战线的警察，平时不穿警服的啊！

他忍着剧痛，终于站了起来，他看见阮锋已经跑到了他前面。“老胡！”霍敏大喊一声，远处迎面而来的胡飞将立刻看到了霍敏。霍敏向右一跃，将小孩放到石壁之后：“小朋友乖，站在这别动，叔叔抓坏人去了！”

“大家别慌！”胡飞将和陆晨逆流而行，吃力地向霍敏跑过去，准备正面迎击阮锋。陆晨体力稍弱，跑了两步就被冲退。胡飞将就要和阮锋碰上，他大喝一声，拉住一旁的石柱，整个人横着就飞了起来，那一腿，准确无误地踢中阮锋的脑袋。

这一脚之威，阮锋几乎被踢蒙了。霍敏追了上来，将阮锋扑入步道一旁的民宅巷子，二人夹击阮锋，在民宅巷子里一通混战。

有了胡飞将配合，阮锋哪里是对手？他在数招之间落败，退靠在石壁之上。胡飞将和霍敏配合无间，胡飞将一招“三军辟易”的掌法竖劈敌人眉目，阮锋举臂一挡，胸腹露出空当，霍敏眼疾手快，伸手去扯阮锋绑着的炸弹。只听一声布帛拉裂的轻响，捆绑炸弹的皮布已经扯下。

阮锋大喊一声：“一起死！”他竟然不顾胡飞将的攻击，以脑袋硬碰，顿时鲜血长流，面容恐怖。他不抵挡胡飞将的竖劈，那是要解放双手去完成一个更为恐怖的动作。在霍敏扯下炸弹的那一瞬，他出手如闪电，拉动了引线！

林世雄的口供在耳边响起：“阮锋擅长……炸弹。”

“呀——不好！”饶是英勇无畏的胡飞将也面色惨白，魂飞天外，他只觉手脚一阵冰凉。这突如其来的情况，几乎将远远近近的人都吓得魂飞魄散！这种电影里才有的生死镜头，在现实中出现，真是恐怖至极！

霍敏定了定神，他反而出奇的冷静。那已经拉开了引线的炸弹就拿在自己手上，这种感觉真是毕生难忘！这炸弹数十秒之后，就会将他三人炸成肉酱，这逾万名游客的生命也系于他手。在这千钧一发之际，他抱住炸弹，纵身一跃，跃过古朴的雕花栏杆，向洪崖洞洞外跳下，几十米高空之下是人潮涌动的闹市。

“不——”指挥室里的罗珊珊一声惊呼，她伤口崩裂，鲜血直流。她发现自己，如此紧张霍敏！

霍敏人在半空，用力将炸弹掷出。

时间在这一刹那凝固了！所有人的心都提到了嗓子眼。

他一跃一掷，是想将炸弹带到安全距离。可是，任他手劲多大，这炸弹和洪崖洞的距离仍然不远，换言之，危险只是减弱，却并不是完全消失，而在这个距离里，炸弹的冲击波，必然也将炸死霍敏和若干离得近的群众。“陆晨——”他大喊一声。他需要接力！

陆晨歇斯底里大叫，他这一生之中，心跳从来没有这么快过。

陆晨配合得及时，大黄蜂飞速而来，牢牢抓住炸弹，迅速拉升，直冲云霄。

“轰——”一声天崩地裂的巨响，爆炸的火光映亮两江江景。

“开枪！”李正阳下达指令，阮锋炸弹离身，必须马上将其击倒。刚才的那一幕，彻底震撼了所有人，李正阳感到自己声音都在颤抖。

“啪——”远处的特警狙击手开枪了。便衣干警上前用枪抵住阮锋。

霍敏快速跌落，从高处跌向低处，他猛地抓住一根伸出山壁的粗壮树枝，把自己吊了起来，一颗心都吊到了嗓子眼。

“喂，喂，老霍，你还好吧？”耳机里陆晨担心地问道。他要是慢一秒，没有配合到霍敏的动作，后果不堪设想。

霍敏长舒一口气：“是福不是祸啊，嗯嗯……还不错，这烟花挺漂亮的。这个角度看两江夜景，真赞！”他放眼望去，这曾是他与刘芸无数次游玩欣赏的两江夜景啊！

这霍敏还有心思看景，陆晨真是哭笑不得：“警员陆晨，等待组长下一个指令！”

“废什么话！拉我上去啊！”

他二人的对话传到指挥室，指挥室响起了一阵掌声，罗珊珊双眼含着泪花，半晌没说出话来。她真怕霍敏就这样死掉！

胡飞将拉霍敏上来，对霍敏竖起了大拇指，没想到这文艺青年，居然是玩儿命的主！他握住霍敏的手，给了他一个重重的拥抱：“老霍，你这三脚猫的功夫，太粗糙了，改天我教你！”

14 参加婚礼

国安局的宣誓台上，身穿白色警监服的导师面朝台下而立，他的声音充满磁性：“你愿意将你的青春、热血，甚至你的生命，献给这伟大的事业吗?”

话音在会场的上空回荡，一种壮阔而庄严的仪式感激荡在台下所有年轻人的心中。

导师停顿了一下：“你们当中，有的人，默默潜伏，可能一生不会用枪，不会击发一枚子弹，到了死，都不会有人知道他是英雄；有的人，冲锋陷阵，可能会有流血牺牲，可是哪怕死了，世人也不知道他们的功勋……你们愿意吗?”

台下响起了年轻人整齐划一的喊声：“对党绝对忠诚，甘当无名英雄!”这些年轻的声音是如此鲜活，充满了青春的朝气，也充满了神圣感。

当年的霍敏，站在宣誓台下，被深深地感染。在追随李正阳之前，他已经规划好了人生，当一个平凡的公务员，或是回到老家接手父母的小生意。如今他和一众精英站在一起，将自己的青春投入烈火，铸造不平凡的人生，他泪流满面，喊出了誓言，成为这支保家卫国队伍中的一员。

这个画面，成为霍敏一生最骄傲的时刻。当这个画面再次出现在他梦中的时候，他忽然回过头，他身后是陆晨，陆晨的左边站着罗珊珊，罗珊珊一双清澈明净的眼睛正注视着他，她的轮廓泛着柔和的光。在宣誓的时候，霍敏发现，她和自己有着志同道合的澎湃情感，这种情感的共鸣，有着难以名状的奇妙。

有人说，梦是无方之境，梦里的东西是最珍贵的记忆，霍敏的梦境像潮水一样展开，从国安局宣誓台又回到了之前和阮锋以命相搏的中州洪崖洞，那里的夜景有“小维多利亚港”之称。由于中州的山城地形，建筑物高低错落，一到夜里，霓虹灯层叠有致，山水相映，美不胜收。

“快追我——”一个熟悉的女声喊道。梦中的霍敏定了定神，发现自己周围场景变换，突然又置身中州政法大学的校园里，一个熟悉的身影在操场上慢跑。那身影回头喊他，他看清了她的脸，那洁白无瑕、带有江南水乡气质的容颜。这正是他的初恋女友刘芸。

“刘芸——等等我！”霍敏开始奔跑，想要追上刘芸。

刘芸越跑越快，笑声不断。霍敏不停地追赶，距离却越来越远。操场的跑道似乎没有尽头，清纯脱俗的刘芸突然消失了，霍敏心中伤感，高声呼喊她的名字，然而操场里只有回音。在清醒的时候，霍敏一直用工作的忙，来麻醉分手的痛，而梦境中这种感情被释放出来，让他措手不及。

霍敏脱下皮鞋，光着脚开始奔跑。他记得无印良品，有首歌叫《恍然大悟》，里面唱的是："我曾真的光着脚，跑在人群当中的马路，第一次为了一个女孩子哭，第一次感受那失恋的苦，我只是无意识地跑，直到眼前世界一片模糊，我不想停下脚步，渴望身体的痛大过心里的苦。"

霍敏跑不动了，已经追不上刘芸了，他大喊一声她的名字。

他从这个时空变换的梦中骤然惊醒，睁开眼睛，阳光已经照进了窗户。他全身都疼，昨天那样折腾，可不是玩儿啊！梦中的各种情绪还残留在脑中，宣誓台上的神圣、罗珊珊的眼神、陆晨的相伴、刘芸的离去……他用力揉了揉眼睛，理智地把这些情绪全都一股脑压了下去。

他开始思考案情。

车田浩二和阮锋的审讯工作交给了北京连夜派来的心理审讯专家。当部里的特派专员得知战况后，惊得半晌没说出话来，领导对李正阳点赞：强将手下无弱兵。

侦察处的同事已经整装待发，即将投入一天紧张的工作中了。"深海"密钥是找回来了，可是还有很多谜团没有解开，比如：孙德志那天晚上，焦急等待的女人，到底是谁？

据车田浩二交代，他只是负责半路拦截偷取密钥，他根本不知道孙德志被注射了引发病毒性心肌炎的药物。他的口供和地铁视频上一致，他和孙德志身体接触的瞬间，根本不可能向孙德志注射药物。

那么，孙德志是谁杀的？

这个命案就像一团搅乱的线，搅乱它的人，有潘家明、有阮锋、有林世雄、有车田浩二，甚至还有袁天任、袁晓燕，霍敏带着人出生入死，现在连线头都没找到呢！

这一觉睡得并不好，霍敏心里挂着事儿。他看了一眼手表，鉴于案件已经由北京的专家接手，李正阳放他一天假，休息一天，可他真是无福消受，一个时空错乱的梦，将他折腾醒了。

他翻了翻手机微信，大学同学群里热闹得很，一大早就在议论当年的班花刘芸今日终于结婚了，和电影《那些年，我们一起追的女孩》的情节真是如出一辙。

有人在群里很不识趣地@霍敏，霍敏没有回应，他关了手机，独自坐在宿舍里，迎着窗外的阳光，怅然若失。他看了看日历，记起这一天，确实是刘芸的婚礼。

霍敏开始穿衣服，他梳洗打扮了一番，找出了平时几乎没有穿过的小西服。他对着镜子照了一下自己，慢慢将胡须剃干净。

他给李正阳打电话。电话那头热火朝天，李正阳正忙着，问道："嗯？你起床了？歇着吧歇着吧，上午部里的专家正在展开审讯，你来也没用。你手上的工作先告一段落，好好休息一下。”

“对了，罗珊珊伤势怎么样了？”

“那丫头身子骨硬朗，已经没大碍了，陆晨也休息半天，到医院陪她去了。”

霍敏点头说是，就挂了电话。这难得的休息时间，他准备外出一趟。

霍敏借来陆晨的车，准备去一趟武都。

陆晨被他的决定惊得目瞪口呆。

他知道自己，是去赴一场心死的约会。

他慢慢开着车，感觉头昏沉沉的，出了城区，还要走一段很长的高速公路。阳光黯淡，云层厚重，仿佛他心境的写照。今天是个好日子，却没有好的天气。

好日子，按照西川的习俗，宜婚嫁。

武都坐拥着全西川最豪华高档的天湾洲际酒店，一辆劳斯莱斯徐徐驶出，后面跟着清一色的奥迪 A8，车队挂着鲜花彩带。领头的劳斯莱斯是主婚车，新郎三十多岁，面容英俊，但因久历商海，使得他比同龄人更为成熟。

新郎叫林涛，他的父亲林寿龙，是当地商界的一号人物。当惯了花花公子的林涛结了婚，又离婚，离了婚，又结婚，一晃三十六岁，终于想明白，从父亲手里接过棒，好好干起了家族企业，他雄心勃勃。如今他的第三次婚礼，惊动了整个城市。

林涛优雅得有些做作地坐上了他的豪华汽车，狡诈深沉的面容泛起笑意，露出被烟熏得发黄的牙齿。新娘在他旁边，新娘年纪小得多，今年刚留学毕业回国，林涛看上去像是她叔叔。

新娘的同学团、闺蜜团、亲友团已经等在了酒店门外，他们脸上的表情，或羡慕，或妒忌，对这对年纪相差十二岁、人生阅历相差六十二岁、恋爱经验相差一百二十岁还不止的豪门婚配，表达祝福。新娘的兄弟姐妹无不穿红戴绿，面带笑容，神色喜悦。

婚车车队开始缓缓行驶，林涛特意安排了路线，从天湾洲际酒店出发，绕了好大一圈，然后再回到天湾洲际酒店，完成一场招摇过市的演出。用炫目的方式博取女孩儿欢心，他林涛驾轻就熟。

不过这一次，他说，他不是有意炫富，而是他要给自己一个隆重的仪式，终结他放浪的人生，他知道自己遇到了对的人，这个新娘值得他浪子回头，值得他一生保护，他发誓，这是他人生最后一次婚礼。

这话是不是真的？反正霍敏是不信的。

霍敏正开着车来赴宴，不，他根本没有接到邀请参加这一场豪华婚宴。

他车行到一半，电话响了，接起来，里面是罗珊珊熟悉的声音，罗珊珊问："你在哪儿啊？霍敏。"

霍敏道："我出去一趟。"

"我知道你出去了，能告诉我去哪儿吗？"

"你管不着。"霍敏没心思跟她多说。

霍敏的冷漠让罗珊珊觉得自己有些多管闲事，但以她的强大个性，这闲事儿她还管定了。"霍敏，你像个爷们儿行吗？"霍敏已经对罗珊珊刮目相看，她平日高冷得很，没想到还无比勇敢。

霍敏一愣："我怎么了我？"

"陆晨给我说了，你今天竟然去……你别给我们集体丢人。"

"罗珊珊同志，这是我的私事。"霍敏暗骂陆晨怎么这么多嘴，可这关你罗珊珊什么事儿啊？

罗珊珊说道："霍敏，听我说，你现在是我们的小组长，你得有些尊严，你得对得起你领上的警徽，你别去行吗？"

霍敏道："你不懂。"

罗珊珊激动道："过去就过去了，她没有选择你，是她的损失，你现在去人家婚礼现场闹事，算什么啊?!"

霍敏的心像被刀扎一样，这种心痛失恋过的人都能懂。"过去就过去了"这句话扎得他根本喘不过气。

他面色发白，半晌才出声："珊珊，谢谢你救了我一命，也谢谢你的……好意，我……我不是去闹事的。”

电话那头的罗珊珊一愣，嗯？什么什么？情报有误？

这事情的起因，要说回陆晨在医院陪罗珊珊，二人聊天，陆晨说霍敏借了车，去前女友婚礼现场闹事去了。陆晨这八卦嘴，说起这事，添油加醋，绘声绘色，直接在罗珊珊面前描绘了一场霍敏在婚礼现场和新郎持枪大战，最后抢走新娘的神奇画面。

陆晨先是讲述霍敏对刘芸用情至深，简直可以为她去死，可是刘芸却嫁他人，这是霍敏心中永远的痛。他讲得起劲，未曾发现罗珊珊听着笑中带泪。

伤心人原来不止一个。

罗珊珊拨通了霍敏的电话，她一定要阻止霍敏，她不是吃刘芸的醋，她只是不愿他尊严扫地。

“那，你是……”

霍敏觉得喉咙有点哽，他几乎情绪失控，他想，如果告诉罗珊珊自己驱车三个半小时长途跋涉的动机，罗珊珊一定会笑他白痴。

他挂了电话。他终究没有说出那个动机，实际上，这个动机，连他自己都觉得可笑，觉得白痴。

他抵达天湾洲际酒店，远远看着当年的刘芸依然还是那时的模样。

毕业后，霍敏进了国安局，刘芸踏上了出国留学深造的路。由于需要执行一段时间的特殊任务，霍敏暂时不能告诉刘芸自己的真实工作。

在昂贵的越洋电话里，刘芸对霍敏有种恨铁不成钢的感觉。

从政法大学毕业的学生，一半进了体制内显赫的部门，一半通过了司法考试干起了正式的执业律师，而这霍敏天天得过且过的样子，连司法考试都没通过！

两人所处环境各异，渐渐少了共同语言。两人开始从热烈转为冷静，从冷静转为冷淡，仿佛和天下大多数校园情侣遵循着同样的规律，有多少校园情侣最终败给了异地恋，更何况这还是异国恋。

林涛是在国外和刘芸认识的，林涛就像是一辆闯入闹市的豪华跑车，他猛烈地撞入了刘芸等一众留学生的世界。他的阅历和见识，让刘芸眼前一亮。他会和刘芸谈论伊斯坦布尔的热气球、希腊的海湾酒店、极地之光……他也会和刘芸谈自己从商不易，最关键的，是他会深悔前尘旧事，表示自己应当好好改正，浪子回头，专情专一……这种高富帅兼情场高手，深知如何与女孩打交道。

林涛的猛攻，霍敏的距离，刘芸挣扎了一阵，就作出了选择。霍敏这种刚出茅庐的小子，哪里是林涛的对手。

汽车收音机里放着一首张宇的老歌《当时》：“当时，我们都太小，只是一天到晚围着爱绕，以为只要几个面包，我们也可以相拥而笑。当时，我们都怕老，永远不肯承认对方最好，以为可以负气而逃，但哪里知道爱就不见了……”

校园里的爱情，太过简单，简单得经不起外界的惊涛骇浪，“以为只要几个面包，我们也可以相拥而笑”的日子最终结束，曾经每天围着爱绕，也抵不过分道扬镳的心。

霍敏看见刘芸穿着洁白的婚纱，挽着林涛，准备走入礼堂，他远远看着。他能读懂任何人的内心和微表情，此刻，他却看不懂刘芸和林涛的内心，收音机里的歌曲进入了副歌，他终是抑制不了情绪，扶着方向盘大哭起来。这些年，他冷血、他拼命，都仅仅是用身体的痛来麻木内心的失落。

今天的刘芸还是以往的模样，出国前，霍敏陪着她去上雅思培训课程，每天天不亮他就陪着刘芸从学校乘公交车。西环广场雅思培训班的教室隔壁是一间空置的教室，刘芸上课时，霍敏等得累了，就在那间空置的教室趴着睡一会儿。

昨夜根本没有睡好，霍敏脑海深处反反复复都是刘芸婚礼的日子，大战的疲惫没有得到恢复，今天又长途驾车，霍敏哭得累了，趴在方向盘上就睡着了，在梦中仿佛又回到了那间陪读的空置教室。他多希望一觉醒来，阳光照进来，这些年发生的一切，都只是梦，刘芸下课后拍拍他说：“走，我们回学校了。”

果然有人拍了拍他的肩，他抬头一看，是一个交警同志，交警同志告知他此处不能停车。霍敏大梦初醒，恍若隔世，不知身在何方。他想起当年和刘芸一起看过的一部电影——《盗梦空间》，他不知道自己现在是停在了梦的第几层。

梦终究还是彻底醒了。他发动车辆，准备离开，他回头看了一眼天湾洲际酒店，他已经完成了他想做的事情。

他跑这一趟，只是想去看一眼，刘芸穿上婚纱是什么样子。这就够了！他选择了这世间最隐蔽的工作，就注定要承担一切的不理解和孤独。

小舟从此逝，江海寄余生。

15 一波又起

阮锋和车田浩二对所犯罪行供认不讳，但对孙德志的死亡一无所知。这更加印证了“修罗”是一个专业性强、层级分明的情报组织。林世雄的供述和二人相印证，他们三人只受命于一个共同上级，代号“九尾”。

“九尾”从来都是隔空联系他们三人，三个纯粹的外线人员根本没见过“九尾”的真身。而他们四人中，唯一有可能见过“九尾”的人，是执行贴靠袁晓燕任务的潘家明。这个组织纪律严明，内外有别，外线特工绝对不能知悉内线人员，潘家明代号“夜叉”，是组织里较受重视的人。潘家明落网，比另外三人落网，对组织的打击要大得多。

在霍敏围捕潘家明的时候，阮锋接获指令：接应潘家明，如果不能救出潘家明，那就干掉他。

李正阳叹道：“好凶残的组织，好残酷的战争。”

现在案件是告破了，“修罗”还没有浮出水面。330所依然被看不见的黑影包围着。部委的特派大员邱瑞平对李正阳的工作表示了赞赏，也提出了建议：“深海”密钥虽然追回，可是战役依然没有终结，敌人的来路，就是我们的去路。霍敏这帮年轻人，有冲劲、有能力，可以放手让他们一搏。年轻人，有锐气，你指挥有方，能够以快打快，以刚克刚……这一番赞扬的话说得李正阳心中暖洋洋的。

邱瑞平话锋一转："正阳啊，有个事，还必须交给你去办……"

李正阳道："请老领导指示。"

邱瑞平递给李正阳一支烟："等指令吧！"

"是。"

"对了，带上你处里那小伙子，靠谱。"

"你是说……"

"对，霍敏。"

李正阳的桌上多出一个绝密级信封。从密封贴的颜色来看，这是一个密级很高的指令。

李正阳看了一眼窗户外的天空，难得今天放晴，可是西风正烈。

这么大的风，罗珊珊只能窝在医院的病床上。昨天陆晨还陪她到院子里走动了许久。

陆晨打包送来罗珊珊喜欢的饭菜时，罗珊珊正没精打采地看电视，医院里只有这么一种娱乐方式。她的手臂还不能正常举起，她一抬手，肩上的伤就痛入心扉。

在霍敏去武都的路上，她自作聪明地打了一通电话，她和霍敏争吵了起来，她知道霍敏一定已经看穿了她的内心，霍敏谢谢她的“好意”，这无疑是拒绝了她。罗珊珊内心强大，也不气馁，反正日子长得很。

她想象着霍敏在刘芸婚礼现场的样子，莫名地心疼起来，他一定很悲伤，他一定会放声大哭，他平日作出很酷、很冷血的样子，其实内心却像孩子一样。

霍敏能读心，却读不懂自己，也读不懂刘芸。

黑客罗珊珊能攻网，却攻不开霍敏的心网。

陆晨欢快的声音打断了她的思绪。“看看，你最喜欢的菜!”

罗珊珊报以礼貌的微笑，她之前对陆晨并不友善，正如胡飞将对霍敏不服气一般，年轻人多少都有锐气，可是经过这两次战役，四人逐渐磨合，建立起了信任。

罗珊珊问道：“霍组长回来了吗?”

陆晨道：“嗯，回来了，已经到正阳处长那研究案情去了。”

“啧啧，他没有大闹前女友婚礼现场吧?”罗珊珊问。

陆晨道：“没——有——”他把声音拖长，这罗珊珊见面就问霍敏，整得陆晨酸溜溜的。

罗珊珊故意不理会，继续问：“那霍敏干什么去了?”

陆晨不悦道：“谁知道呢，没准是看新郎长什么样去了，新郎一定挺帅，听说特有钱。”

罗珊珊道：“这下好了，祝天下有情人终成兄妹啊！”

陆晨急于转换话题，他可不想和罗珊珊继续讨论霍敏，他将霍敏去赴宴的消息告诉罗珊珊，本来就别有居心：“我给你讲讲这两天好玩的新闻吧。”

“是这个吗？”罗珊珊指着电视机。

电视里正在播出一则新闻：“西川省商务代表团上周与日方代表团进行了第一次会谈，双方就清洁能源项目‘蔚蓝一号’的合作达成共识。日方三叶株式企业将与西川寿龙集团开展深度合作，‘蔚蓝一号’有望彻底结束家用车‘汽油时代’……”

陆晨问：“这有什么有趣的？”

“这寿龙集团，是省里头号企业，董事长叫林寿龙，旁边那个是他儿子，叫林涛，昨天举行了婚礼……”

陆晨想了想，这名字好熟悉：“林涛？”

罗珊珊道：“嗯。”

“这和我们有什么关系？”

罗珊珊道：“和我们没有关系……我希望他一辈子都不要和我有关系。”

陆晨没听出罗珊珊的弦外之音，不解地看着她。罗珊珊道：“霍敏昨日去的，就是他的婚礼……”

“啊？刘芸她老公？！”陆晨睁大了眼睛。

陆晨长叹口气，说道："首富之子啊，这种人物，我们这辈子也打不了交道啊……"

"未必。"李正阳的声音传了进来。他背后站着霍敏和胡飞将，不知道霍敏有没有听见他们的对话。罗珊珊看了一眼霍敏，他似乎什么都没有发生，只是气势有些低沉。他努力收敛了悲伤和颓废，又投入到了工作之中。

罗珊珊看他衬衫领口有些油渍，她知道霍敏向来爱整洁、爱干净，今天他却浑然不觉。霍敏和罗珊珊四目相碰，立刻又侧头避开。

李正阳用眼光扫了一下他们四人，一字字说道："'蔚蓝一号'项目出问题了。"

16 谁是泄密者

林寿龙今年五十七岁，他的脸上布满皱纹，双眉如剑，不怒自威。此刻他正端坐在锦城超五星级的酒店总统套房里，他的面前是一面明亮的落地玻璃窗，透过玻璃窗，可以看见锦城繁华的夜景。

不过对于林寿龙来说，他实在没有心思去欣赏夜景，甚至连吃饭的心情都没有。晚饭时分，率领他们谈判的副市长蒋建岳设宴，谈判团里众多企业家都应邀出席，就只有林寿龙胆大，竟然没有参加。

蒋建岳也不在意，他知道林寿龙的性子，他二人熟识多年，交情颇深。

“林寿龙好大的架子。”席间有人这样议论，这摆明是在给蒋建岳“上眼药”了。蒋建岳显得有些心不在焉，觥筹交错间，也只是礼貌应对，“蔚蓝一号”的事还挂着呢。他本不是个纠结的人，可是这件事，实在有些蹊跷。宴会就要接近尾声，蒋建岳找回了些状态，举杯致谢各位致力于能源实业的企业家。

他放下酒杯，心中却在想：“这林寿龙在想什么呢?”

林寿龙在想什么呢？林寿龙很焦虑！他在自己的套房里转来转去，他怎么也想不明白，日本人是如何摸清了他的底牌。

林寿龙的西川寿龙集团是做能源起家的，前身是林寿龙供职的一所工科高校的研究实验室。林寿龙不甘一辈子做科研，觉得埋没才华，一咬牙辞职下海，带着自己的小团队干起了实业，他将过去多年的研究成果转换为实业，石油、煤矿都有涉及，这是寿龙集团的家底。这两年环保呼声很高，风向变化，寿龙集团面临各种政策限制，也面临传统能源行业的饱和竞争。在一个做抉择的夜晚，林寿龙没有叫醒司机和随从，独自一人驱车，去拜会一个老领导、老朋友。

不用说，此人正是蒋建岳。蒋建岳给他指明了方向，西川省将成为新能源建设的重省。节能减排产品，是中国今后科研经济的一个重拳产品。

那个夜晚，决定了林寿龙后来的发展思路，他甚至将儿子送到国外，学习新兴能源专业。他儿子林涛，因此结识了霍敏的前女友刘芸。

“蔚蓝一号”是西川省的头号工程，又是国家重点涉密项目，各路资本竞相角逐，最后林寿龙率领他的团队，以一项高科技自主研发的专利技术中标。这几年，新能源建设成了西川省委、省政府大会小会强调的事，必须做好保密，必须做好支持，给予林寿龙最大的支持，这个项目可能会改写中国能源历史！

“蔚蓝一号”对于林寿龙来说，已是全副身家。林寿龙这几年，头发都白了，他所有身家都投到了“蔚蓝一号”上，除了国家的项目基金资助外，他已经投入太多人力物力。

为了配合“蔚蓝一号”，蒋建岳运筹帷幄，带领寿龙集团拉开了“汽车”绿牌帷幕。今后锦城的新能源车辆，都将不再使用蓝底白字的车牌，而是使用绿色牌照。这是锦城的一个态度，也是一个重要的风向。

令人意想不到的是，这样一项极为重要的能源项目，却面临一个技术瓶颈，一项压缩固件的技术难题把寿龙集团挡在了成功的门外。寿龙集团已经尝试了很多次，屡试屡败。垄断这项技术的日本三叶株氏企业就在此时向寿龙集团抛出了橄榄枝。林寿龙不得不求助于蒋建岳，蒋建岳深思熟虑之后，策划了这一次与日本代表团的合作商谈。

林寿龙的想法是，既然短期无法突破垄断的技术，那么可以租用日本三叶株氏企业的压缩设备，等设备拿到手，慢慢解剖分析，总能找到解决办法。

“蔚蓝一号”的详细情况本身就是纳入国家保密事项，在日常研发中都须高度遵守保密纪律，更何况是要与日本人商谈合作。蒋建岳已经严格控制了知密范围，这已经不光是林寿龙和日本人的商业往来、专利技术的博弈，还关系西川省，甚至国家的利益。

在谈判桌上，日本人占尽了上风，日方代表江上弘会长说道："林先生，您也不用在我这儿一副无所谓的态度，我们这里呢，无意中看到了一些'蔚蓝一号'的项目参数，大家心里都明白，您根本离不开这些设备，现在能卖给你们的，就我们一家，规矩得我们定。"

日方代表递给林寿龙一份资料，林寿龙翻开，看见上面对"蔚蓝一号"的分析甚详。

林寿龙脸色大变："这是我们的机密！贵方的行为恐怕已经超出商业范畴了！"

江上弘会长笑了："没什么是可以完全保密的，我们也只不过希望双方都能开诚布公一些，只要价格满意，我们就不必费口舌在这里讨价还价了。"

蒋建岳和林寿龙对望了一眼："嗯？泄密了？"

后来的情况，新闻里没有报道，日本人坐地起价，甚至要求以技术入股，林寿龙当场就想骂娘。

他二人当时的想法，和李正阳接到国安部的指令时的想法一模一样："有鬼。"

330所的事儿还没完呢，西川的重点涉密项目又被盯上了。

17 角 色

锦城的夜晚下起了雨，陆晨驾着车，旁边是胡飞将，后面是霍敏和罗珊珊。一路上，罗珊珊和霍敏都没有和对方说话，陆晨发现气氛不对劲，想要打破这个氛围，试了几次，发现罗珊珊都没有回应。

陆晨又转问罗珊珊伤情："那个……珊珊，你肩膀好些了吧？"

"嗯嗯，肩膀好着呢，可以随时借肩膀给失恋的人。"罗珊珊笑道。

胡飞将道："嘿，谁失恋了？"

陆晨本来是要调节气氛了，不料被带歪了话题，他心里"咯噔"一下，这胡飞将会不会聊天啊？这可不是更尴尬了么？霍敏肯定一脸黑线。陆晨赶紧岔开话题，笑道："我，是我，我失恋了。"

"你都没恋呢，你恋谁啦？不会是我们罗珊珊吧？"胡飞将一拍大腿。

陆晨狂喷他："胡飞将你是聊天终结机啊？每句话都能把

人哽死。”

胡飞将又来了：“哪儿是我不会聊天，不会聊天的是你吧？我这是大实话啊，我怎么了我？你什么都藏在心里，我说你们三个小年轻，爱谁谁，就表白啊，累不累啊？”

这下彻底尴尬了，罗珊珊脸上一阵红。陆晨心事被拆穿：“哎呀，我不开口行了吧？我装死行了吧？”

霍敏打开车窗，雨滴飞进来，扑面的寒冷，让他颇为清醒。他不想听陆晨他们斗嘴，便开口道：“好了，我们聊下案情。”

这下总算化解了所有人的尴尬。

车辆快速驶过锦城春山路，春山路高楼林立，它的繁华程度，堪比东京、纽约等地的核心商业区。

林寿龙下榻的国际酒店就在春山路最北段。

红灯亮了起来，陆晨停车。行人撑着五颜六色的伞，快步穿越人行横道。

“老霍，你真的不回避？”胡飞将问道。

陆晨心中暗骂：“这胡飞将有完没完！”

霍敏道：“回避什么？”

胡飞将点了一根烟：“我要是你，我就乐见林寿龙栽跟头。”

“林寿龙又没有招惹我。”

“可是他儿子招惹你了啊！”胡飞将不依不饶。

霍敏正色道："老胡，你听好，第一，林寿龙是林寿龙，林涛是林涛，'蔚蓝一号'将会促进国计民生，省政府领导倾尽全力支持他，保护国家利益，是我们的职责；第二，刘芸是刘芸，我是我，各自都有各自的生活，如果你认为我会趁机公报私仇的话，你实在太过小觑我了；第三……也是最重要的一点……"

"什么?"

"第三，有女士的时候，不要抽烟!"

"好样的，点赞。"罗珊珊笑起来很美丽。

胡飞将不好意思地灭了烟，笑道："哎！我也是担心你查起案来，有情绪。"

"我现在唯一只对一件事有情绪。"霍敏一字字道，"就是我们跑题啦！聊下案情啊!"

"帅气!"陆晨呵呵笑道，胡飞将在霍敏那里讨了个没趣，他正幸灾乐祸呢。

"现在我们该怎么做?"胡飞将一耸肩，"我们要不要先正面接触林寿龙?"

霍敏道："不。"

"为什么?"陆晨问道。

"'蔚蓝一号'泄密，恐怕没有那么简单……"罗珊珊沉吟道。

"'蔚蓝一号'到底是什么项目?"胡飞将问。

霍敏道："根据李处长通报的情况，它是西川省重点能源项目，是国家配套资金资助的产能创新……你们知道什么是'热能'吗?"

"废话，全车上就你一个是文科生!"陆晨道。这车上，除了霍敏是毕业于政法大学以外，其余都是理工科出身。

霍敏有点不好意思，他"嘿嘿"一笑，道："那让我来班门弄斧下，给几位理工科代表阐述下。过去的能源主要是煤矿、石油，虽然也有风能、电能、水能等研发使用，可是在工业生产中，煤和石油依然是主要能源，你们看看满大街的汽车尾气就知道了……"

陆晨一打方向盘："电动能源汽车倒是没有尾气，可是电动车有里程焦虑啊!"

"'蔚蓝一号'就是要解决这个问题。'蔚蓝一号'又叫'热能回收技术'，它能把能量损耗再次回收，压缩后进行二次释放能量，从而大大节省资源，实现能源再利用。它包括'回收'和'压缩'两个环节。"

霍敏停顿了一下，继续道："这个项目被列为国家重点涉密项目，西川寿龙集团在中标之后，得到国家科研项目资金支持，也就是说寿龙集团这个项目的各项参数，都是定了密级的。在这两年的研发中，搞科研技术出身的林寿龙带领他的实验团队，已经在'回收'环节，取得巨大突破，制成了专利保护的'能量调节芯片'，名叫'中晶'。寿龙集团在能量回收技术方面，超越了国外许多能源巨头，日本三叶株式早就眼红了。可是在‘压缩’环节，寿龙集团却因为日本垄断技术的钳制，始终未能突破。”

“这么说，这次寿龙和日本谈判，双方都在打着对方的主意啰。既然双方都要吃掉对方，那么情报战，就在所难免。”罗珊珊道。

“我和珊珊的看法一样。”霍敏道。

罗珊珊看着霍敏，眼里有光。

“说来听听。”胡飞将道。

霍敏道：“我们的对手，很可能是日本的情报部门……我之前做过一些研究和了解。日本的社会生态，几乎是全民情报。”

“全民情报?”陆晨问道。

霍敏道：“对，在日本，‘情报’这个词，又等同于‘资讯’，日本平民都把资讯看得很重要，在他们的生活中，接收、搜集资讯，是头等大事，比如你在日本工作，下班打听去哪里吃饭，你会得到友人回答：‘我来给你搞个情报看看。’这里的‘情报’，指的是去搜集有用的信息。这种情报思维充斥日本，就算一个每天打零工的老太太，都会不忘搜集当日报纸上对自己有用的信息。在商业领域尤其明显，每个企业，都有自己的情报部，用以搜集市场动向、客户需求，还有……竞争对手的内幕信息。在日本，全民崇敬为国家默默搜集情报的人，情报人员退役之后，被奉为‘国士’。”

“为什么会这样？”罗珊珊好奇地问。

霍敏道：“不知道。有学者研究，认为这是一种岛国焦虑，不打无把握之仗。历史上的甲午战争，在开战之前，日本派出大量情报人员，以僧侣、走贩、学生、流氓等各种身份，混迹于中国社会之中，历时多年，将中国的山川河流、地貌村落全搞得清清楚楚，甚至水师舰队的编制人员、弹药储备，朝廷里谁人好色、谁人好酒等都搜集到了……战争还没开打，中国就输了……”

“日本佬竟然如此厉害。”胡飞将道。他脑中灵光一闪：“车田浩二也是日本人！林寿龙这次遇到的，会不会和袁天任、孙德志遇到的，是同一伙人？”

“你说‘修罗’？”陆晨道。

“很有可能。”霍敏停顿了一下，接着说，“阮锋、林世雄、潘家明三人的共同上级‘九尾’还身份不明，孙德志是怎么死的，当天晚上他等候的女人到底是谁，这些问题都没有搞清楚，所以我们只能大胆推理，小心论证！”

“那么我们还是不要亮明身份的好。”罗珊珊道。

霍敏缓缓说道：“对。敌在暗，我在明。盯着林寿龙的，恐怕比之前我们遇到的特工更专业，我们正面接触林寿龙，丝毫起不到保护他的效果，甚至还会把我们也暴露在敌人的视线之中。”

霍敏接着说：“并且，这个案子还有另外一个可能性。”

罗珊珊看着霍敏，她有着女性独有的敏锐，她知道霍敏在想什么，只是她担心案件如果真的是这第二种可能性，霍敏会比较尴尬。

不料霍敏磊落得很，他继续说：“我们要避免先入为主，‘蔚蓝一号’泄密，谁说林家就一定是受害者？涉密项目遭遇别国情报狙击，受害者只能是全体中国人，目前尚不能排除林寿龙他监守自盗，贼喊抓贼，所以，调查必须从林寿龙那里着手，从这个角度出发，我们更加不宜亮明身份，正面接触林寿龙。”

罗珊珊长松一口气，她真心佩服霍敏的气度。这个案子换了别人，真的很尴尬。如果林家是被日本人窃密，霍敏要扮演什么样的角色，以什么样的身份，用怎样的气度，才能泰然处之，去拯救林家？

要知道，林寿龙是刘芸的公公，霍敏对林涛可是有夺爱之恨。真的要冒着危险，不惜一切去拯救寿龙集团，让林涛继续风光地当他的二世祖？霍敏可不是《拿什么拯救你，我的爱人》里边那个伟大的律师，为了拯救女友的前男友，努力辩护。

但恰恰相反，霍敏是去拯救前女友那荣华富贵的老公一家，普通人想想就别扭，这算什么事儿啊?！另外，对方既然盯上中国的前沿科技，自然就是情报、特工上演全武行，这也不是什么小说里的法庭辩护，这可是生死较量！

如果林家参与泄密，那就更麻烦了，会不会牵扯到林涛？会不会牵扯到刘芸？如果刘芸求他放林家一马，他霍敏是该答应还是不答应？霍敏是个重情的人，他宁死也不愿见着刘芸不幸。如果林家用刘芸来要挟，他霍敏怎么办？他还要顶着别人的非议，说他公报私仇……

在出发前，李正阳就表达了同样的担忧，他善意地询问霍敏，是否需要回避。霍敏知道他的好意，他只是盯着李正阳的眼睛，然后一字字地告诉李正阳："你教我的，国家利益高于一切。"

现在霍敏的态度，也直接向罗珊珊传递了信心，不论刘芸和林家是什么关系，他们只是要死磕这帮坏蛋，没工夫管别人怎么想、怎么说。

"哟哟，还说没有情绪呢！"胡飞将不忘顶霍敏。

罗珊珊虎着脸："有完没完，老胡，你怎么老爱拆他台？"

胡飞将舒展一下长腿："谁叫我姓胡，他姓霍。"

陆晨笑了："是'胡'不是'霍'啊，是'霍'躲不过——"

罗珊珊忽然有不好的预感，心里咯噔一下："乌鸦嘴，快呸呸呸。"

霍敏微微一笑："兄弟们别贫了，认可我这个想法吗？"

"认可。"陆晨道。

胡飞将道："嗯……我没有理由不认可。"

“那我们该怎么做?”胡飞将问。

霍敏看着罗珊珊:“交给你了，悄悄去检查一下林寿龙的电脑，看看泄密的源头是哪里。”

车辆已经行驶到林寿龙下榻的酒店。四人远远停车，商量计划。

“快看!”陆晨眼尖，看着富丽堂皇的酒店内走出两个人来。

胡飞将道:“这是林寿龙，错不了，我在电视上看到过他。”

霍敏心中道:“他和林涛可真像。”

两人步伐匆忙，迅速在随从簇拥下，坐进了一辆黑色奥迪车。奥迪车缓缓驰走，四人也不急于行动。

“陆晨，以林寿龙刚才站的地方为圆心，绕一圈去!”霍敏看着林寿龙走远，果断下达指令。

“是。”陆晨慢慢开车绕着酒店转了一圈，他尽量将车辆行驶轨迹做得自然，他车技又好，像是不清楚方向在找路。

这个举动实则大有文章——霍敏一行在观察可能在暗处观察林寿龙的对手。

林寿龙已被人盯上了，他刚才还大张旗鼓地出现在酒店大门，然后离去，这本来是个极其寻常的事儿，可是，放在今天就有些不正常。

林寿龙在和日本人的谈判桌上失利，心情烦躁，这些年蒋建岳对寿龙集团的帮助很大，连蒋建岳安排的晚宴都没有去参加，是什么人能劳他大驾外出？

在暗处的敌人，自然不会比霍敏他们好奇心少，林寿龙一动，敌人也会动起来。陆晨开着车转一转，以林寿龙刚才现身的点为圆心，以视线可及的酒店大门的距离为半径，缓缓行驶一圈。他们已经逐一排除了周边的暗哨。

没有暗哨，一切正常？

这一切正常，恰恰是不正常。难道敌人如此自信，一定能够得手？以至于在谈判桌上扔出条件之后，就不再盯住林寿龙？

霍敏问："珊珊，有没有什么办法悄悄去查下林寿龙的电脑？"

陆晨道："我们怎么进去他房间呢？亮明身份，让酒店前台打开？"

"这不妥。"霍敏沉吟道，"如果我们自己有房卡进去呢？"

罗珊珊得意一笑，只见她拿出一个小小的黑匣子："这是解码器，只要你拿一张其他房间的房卡，这盒子就能重新编写卡片信息，更改成为林寿龙房间的门卡。"

胡飞将道："可是我们不知道林寿龙是哪个房间，总不能上前台去问吧。"

霍敏看着罗珊珊："有没有办法？"

"黑入酒店网络，在后台查一查不就行了。"罗珊珊轻松说道。

陆晨道：“可是……林寿龙这样的人，即便我们进入了房间，他的电脑也必定有重重防火墙……”

罗珊珊自信道：“普天之下，恐怕还没有我解不开的锁。”

霍敏道：“珊珊，你和陆晨扮成情侣，去开个房。”

“流氓！”罗珊珊伸手作势要打，肩膀一阵疼痛。

陆晨嘿嘿笑：“领导，这任务好。”

“别贫嘴，去搞定林寿龙的房间。”

罗珊珊道：“我马上黑入酒店的后台。”她迅速在自己的电脑上操作起来。不消片刻，就已得手：“林寿龙的房间在20楼7号套房2007。我们现在去搞一张卡，用解码器复制一张，再把房间信息改成2007就行了。”

霍敏道：“好，行动。”

陆晨把车停好，和罗珊珊一起下车，他一伸手，做了个绅士的动作，把胳膊弯伸给了罗珊珊。罗珊珊愣了一愣。

“专业点啊！”陆晨一脸得意。

“回头再收拾你。”罗珊珊道。

罗珊珊只得伸手挽住陆晨。二人并肩走向酒店大门，两名穿戴整洁的迎宾迎面走了上来行礼。

酒店大堂层高夸张得很，顶上吊灯特别考究，其气势如万神殿般高耸入天。整个酒店是欧洲宏大风格，在酒店大堂里还摆有不少艺术品。陆晨一进门就被这酒店气势震住，这是整个西川最好的酒店。

罗珊珊扯了扯陆晨："土包子，没见过是不是？专业点，别愣着，来这里的，都是上流人士。"

陆晨对着耳机："开了房间给不给报销啊？这一晚房费当我三个月工资啊！"

霍敏的声音从耳机里传来："谁叫你们真开啦？"

"啊？不开房间，我怎么弄到相同的房卡？"

"自己想办法。"霍敏道，"你就说想先看房间。"

陆晨无语了："土包子，来这种等级的酒店，哪里有'待看房间'！"

一位穿着棉麻文艺衫的酒店经理走了过来："先生，女士，有什么需要吗？"

陆晨马上进入了状态，他一脸严肃："办理入住。"

酒店经理鞠躬："您有预定吗？"酒店经理一边说，一边引着二人走到前台。

罗珊珊冷冷道："你们这里是五星级？"

前台服务生道："是的，女士。"

"我不住这里。"罗珊珊佯装对陆晨生气。

"怎么啦？我的宝贝。"陆晨一脸愕然。

"这哪儿是五星级酒店？！你这个骗子，不是五星级的酒店，我从来不住。"罗珊珊扮演起骄纵的大小姐，真是得心应手。

陆晨转头向酒店经理投以求助的眼神。酒店经理和颜悦色道："女士，我们酒店确确实实是五星级，您是来锦城游玩的吧？我们酒店在全国都很有名……"

陆晨对经理小声说："要不，让我女朋友先去看看房间？她出门在外，衣食住行都很挑剔。"

经理道："这……先生，我们酒店从来没有待看房间，我们酒店是锦城最好的酒店！"

罗珊珊打断他："这国内的酒店，真五星和假五星区别可大了，现在的旅游星级评定，多的是走后门，我且问你，按照五星级标准，酒店须提供18小时内外币兑换服务，你们有没有？"

"这……"

"酒店前台须提供3种以上外语指引，你们有没有？我现在需要一个豪华套间，必须得有5个以上开间，你们能不能提供？"

"这个……"

"还有，你看看你们东南角的那个摆件——拉达柴思摩尔的阿波罗神雕像，你们酒店是想用少见的艺术品提升品位，拉达柴思摩尔是个小众艺术家，他的阿波罗作品存世只有两件，一件从1990年纽约拍卖会上被神秘人拍走，而另一件目前还在万申博物馆内。放在你们酒店里的，必然是赝品，你们那个玻璃摆柜上还写着'真迹勿动，装有警报'，这不是让人笑掉大牙吗？"

"这……"那酒店经理一脸惊诧，这小女子不可轻视，想来非富即贵。

陆晨完全惊呆了，汽车里的霍敏也大为惊叹，他之前从来没有关注过罗珊珊的来历，此刻罗珊珊语出惊人。

“这罗珊珊什么来头，这么懂行。”

胡飞将笑道：“傻了吧，这丫头可是船王世家，标准的富二代，能投身警察事业，真是难能可贵。关键是啊……咳，人家千金大小姐，还为你挡枪，差点死掉！”

霍敏没有接话，车里没有开灯，胡飞将看不见他的表情。

“这些条件都没有，说什么五星级酒店。”罗珊珊一脸嫌弃，转身要走。

陆晨拉住她：“这锦城里，没有比这更好的酒店啦，我不骗你，这里真的是锦城最好的酒店。”

他转头向酒店经理求助：“是不是啊？经理，您可得帮帮我。”

这酒店经理一看就明白了，这准是个屌丝小子走上好运，傍上了富家大小姐，现在要打肿脸充胖子。

酒店经理赔笑道：“是的先生，是的先生，锦城里，就没有比我们这儿更好的酒店啦。刚才这位女士说的这些，我们会尽快改进，如果您要兑换外币，我们让专人给您办好。”

陆晨卑微相劝：“要不，凑合一下？”

罗珊珊冷冷道：“不行，刚刚连进门的条件都达不到，真五星的套房舒适度也大有讲究，就拿卫生间来说，主客卫生间要分设，要是连晚安卡和鲜花布置都没有……”

“有有！”酒店经理道，“尊贵的女士，我可以让人领您去先看下房间，我们竭诚为您服务，请给我们一个好的评价。”

陆晨试探地问：“我的女王，要不我们先看下房间环境怎么样？”

那酒店经理急切地看着眼前的神奇女子。罗珊珊终于点头，发出一声很不情愿的“好吧”。

片刻之后，一个服务生领着二人来到23层的豪华套房。服务生打开了一间空房间，他将房卡插好通电，然后退到房门外。温暖而大气的总统套房呈现在陆晨面前，陆晨眼前一亮。罗珊珊不为所动，走进房间，东看西看，一脸嫌弃的表情。

陆晨背过去，倚在墙上，挡住插电口，也挡住服务生的视线，他迅速将房卡取出，插入解码器里。这房卡从插电口一取出，电力只能维持15秒。他口中不停询问：“大小姐，这房间怎么样，还凑合吗？”

解码器的信号从23楼飞速传输，直直落到酒店外那台黑色小车的接收器上。霍敏手上的接收器亮起莹莹蓝光，已经收到那张房卡上的所有数据。霍敏拿出一张空白磁卡，插入接收器，将数据复制在卡上，更改房号为2007。

霍敏说道：“收队。”

他将复制好的房卡和一个优盘交给胡飞将：“老胡，看你的了。”这个优盘是罗珊珊精心设计的扫描软件，只要胡飞将拿着复制的 2007 号房卡进入林寿龙房间，找到他的电脑，在 USB 接口上插拔一下，就能对电脑开展扫描检查。

陆晨迅速将门卡又插了回去。罗珊珊和陆晨已经接到了指令。罗珊珊绷起了脸："房间太差了，不住！"然后快步走了出去。陆晨一个劲地追："哎哟哎哟，不要这样。"

他二人从一号电梯走出。帽檐压得很低的胡飞将和他们擦身而过，进入二号电梯。

二人的表演颇为生动，那酒店经理看了直叹气："爷我也只能帮你到这儿，看来这屌丝小子，没戏啰。"

二人快步走出酒店。陆晨开心地说道："珊珊，没想到你这么能胡诌，一本正经地胡说八道，把我都震住了！"对酒店设施如数家珍，本来就够让陆晨惊讶了，她还能一眼辨别拉达柴思摩尔的艺术品。

"我没有胡诌。"

陆晨问："我的女神，你连艺术品也懂？"

罗珊珊冷冷道："我本来是不懂的，不过这个作品，我百分百肯定这里是忽悠人。"

"为什么？"

罗珊珊小声道："因为……1990 年纽约拍卖会上拍走它的，是我爸。"

18 线索

罗珊珊和陆晨已经回到车上。

“怎么样？敏哥。”罗珊珊笑道。

霍敏竖起大拇指：“点赞。”

陆晨“嘿嘿”笑道：“我呢？怎么也得立个功，授个奖吧，我演技多棒。”

霍敏笑道：“便宜你了。”

“老胡得手了吧？”罗珊珊打开自己的电脑，屏幕上是各种数据、图标，有种未来高科技的迷幻感。

耳机里传来胡飞将的声音：“嗯，找到了，这林总的电脑配置很高啊！”

罗珊珊道：“抓紧时间，林寿龙的电脑里资料一定很多，得赶在他回来之前完成。”

胡飞将道：“好的，罗小妹，你刚才的演技真赞。”

“谢谢老胡。”

他一边说，一边将扫描优盘插入了林寿龙电脑。

林寿龙的电脑跳出一个对话框：请输入密码。

胡飞将道："有密码。"

"废话，若没有密码，要我有何用?"罗珊珊打趣道。

"我什么时候撤?"胡飞将问。

"扫描林寿龙的电脑需要十五分钟。"

"十五分钟？我要在这里待上十五分钟?"

"怎么了?"霍敏道。

"这房子里的香水味太刺鼻了，搞不懂这些有钱人!"胡飞将道，"另外……我烟瘾犯了，憋不住。"

三人被逗乐了。

罗珊珊道："坚持一下，十分钟后，我清理一遍，你带走扫描优盘，才能不留痕迹。"

霍敏道："小陆子，盯紧点，当心林寿龙中途回来。"

"是。"

罗珊珊的优盘已经开始对林寿龙的电脑进行植马，罗珊珊运指如飞，直接攻破林寿龙的电脑密码。

"奇怪了……好像和'蔚蓝一号'有关的东西很少……"陆晨喃喃道。

"不奇怪。"霍敏道，"总能找到蛛丝马迹。"

"嗯。"罗珊珊分析道，"从使用痕迹上来看，里面都是些往来的私人文件，也有公司集团的文档，他的电子邮件也有一些……"

"你怎么看?"霍敏看着罗珊珊。

罗珊珊道："这些往来的聊天记录、电子邮件里，林寿龙极少提及和'蔚蓝一号'有关的东西，他实在是个很谨慎的人，我觉得他不大可能是监守自盗的泄密者。"

陆晨道："不是泄密者，那就是受害者啰？"

"哦，不，有问题……"罗珊珊忽然发现了新大陆，"这是什么？"她打开一份邮件，邮件竟然有两层加密。

罗珊珊倒是不费力气就解开了它，她只是觉得奇怪，这林寿龙的日常电脑里，为什么会发出这样一份专业加密的邮件。邮件打开后，一堆乱码呈现在众人眼前。

"我看看。"霍敏拿过电脑，"这是三重叠加进位的加密方式。两层邮件压缩密码打开之后，还有一份打乱的密文乱码，这些乱码是重叠进位的字节，没有密钥或者母本，很难破解……"

罗珊珊道："我发回给局里密码部看看？"

"嗯。这是发给谁的，能追踪到吗？"

"没有问题。"罗珊珊道。

罗珊珊开始追踪收件人，很快结果跳了出来：JIAN YUE JIANG。

陆晨惊讶道："蒋建岳？"

"看看日期和时间。"霍敏道。

"是在和日本人谈判的前一天的午夜！"罗珊珊道。

陆晨问："蒋建岳是副市长，会不会是林寿龙和蒋建岳讨论项目情况？”

霍敏道：“在正常情况下，你会不会在深更半夜的时候，用这种罕见的加密方式讨论工作？”

“这确实不大合常理……”

罗珊珊道：“而且，这种三重叠加进位的加密方式……很像专业的……情报人员。”

“泄密的不会是林寿龙和蒋建岳吧？蒋建岳知道西川能源科研方面很多机密啊！”胡飞将惊愕不已。

对讲机里传来胡飞将的声音：“老霍，你可得有个心理准备……如果密码部破解开这份文件是‘蔚蓝一号’的内容，这可是件牵涉甚广的大案子。”

大家看着霍敏，等他说话。

霍敏一字字道：“国家利益高于一切！”

“密码部多久能破译这份邮件内容？”陆晨问。

“这个得看情况了……”罗珊珊一耸肩。

“看来……今天晚上林寿龙外出，是见蒋建岳去了。”

离酒店约十五公里，有一处雄伟的大楼，大楼正处于锦城两条主干道的交会处，坐北朝南，白天采光通透，夜里也是灯火通明。两条主干道分别叫槐树街、银杏大道，是因道路两旁茂盛的两种树木而得名。

林寿龙就在这座大楼的某一层的会客室里喝着茶。晚宴散后，蒋建岳吩咐秘书去酒店将林寿龙“请”了过来。饭不来吃，那就来办公室里喝茶吧。

林寿龙到会客室的时候，蒋建岳还没现身。蒋建岳一回来，就去向市委主要领导汇报这几日西川代表团与日本商团的谈判情况，他带队谈的这个项目，是西川省委关注的大事。林寿龙喝了两杯茶，蒋建岳终于出现。

“寿龙，我来迟了，抱歉。”

林寿龙起身相迎：“蒋先生，是我抱歉，我没来赴宴。”

“蒋先生”这个称谓极其有讲究，只有蒋建岳的小圈子，才可能这样称呼。

蒋建岳一挥手，示意林寿龙坐下。蒋建岳再挥手打发了下属，自己泡起工夫茶来。他二人隔着一个小小的红木茶桌，像是闲话家常的老朋友，二人相识已久，都已经年过半百，林寿龙更要显得苍老些，若是二人在锦城寻常茶铺一坐，谁能想到这二人，都是偌大西川省举足轻重的人物。

“三叶株式的条件你怎么看？”蒋建岳递给林寿龙一杯茶，率先开口。

“我的态度已经很明确。我们虽然在能量‘压缩’环节遇到了瓶颈，但在能量‘回收’环节，我们比三叶株式强太多，他是在打我们的主意。”林寿龙道。

日本人坐地起价，拒绝了租压缩设备的条款，改为要求入股这个项目，成为投资人，林寿龙当时在谈判桌上就差骂娘了。

蒋建岳轻轻一笑，林寿龙还是老脾气，有些老学究的气质啊！他看着面前的茶盘，说道："这做事啊，就像喝茶一样，茶道茶道，既然是'道'，就说明它循着一定的规律。有的茶叶啊，要慢慢冲泡；有的茶叶呢，不宜用太烫的水；有的茶叶还需要冷泉水……凡事都有变化和应变的方法。"

这话说得就玄了。林寿龙琢磨了一下，说道："日本人现在知道我的底牌，谈下去，我们讨不了好，我不知道该怎么应变了。"

蒋建岳忽然问道："寿龙，我们认识多少年了？"

"很多年了，这些年，多亏你的帮助，我们林家才有今天。"

"不，我得多谢你支持我的工作，科研是一条孤独的道路，如果没有你的实业支撑，我的很多想法，也无法变为现实。"

"对，你的为人、你的学问，我是佩服的。"林寿龙赞道。

"我图的什么？我图的，是你辛苦一辈子的研究，能出成果！能带动整个西川，乃至中国的能源结构进步！"

林寿龙胸中一股热血涌上，仿佛回到当年和蒋建岳携手共进的日子，他称呼也改了，说道："老蒋，放心，我不会接受日本人的条件，我一定把'蔚蓝一号'给你做出成果！"

蒋建岳眉毛一抬："不。"

他盯着林寿龙，眼睛里放出光来。林寿龙被看得心中一惊。

"我建议，寿龙集团接受三叶株式的条件。"

19 神秘女子

“好了吗?”胡飞将不停看表。

罗珊珊电脑上显示着进度条，林寿龙电脑里的所有数据正在复制到她的电脑上。“快了，还要几分钟。”

“我到窗户边抽根烟。”胡飞将正要点烟。

“别!”霍敏猛然警醒，“老胡！林寿龙的房间有问题。千万别抽烟!”

胡飞将愕然问道：“咋啦?”

“那些香水味，是他的房间保护，当他离开房间，设置好香水浓度，只要浓度变化，他就会察觉有人来过他的房间！你找一找，房间里是不是有一个空气测试仪?”霍敏脑子转得飞快。

这林寿龙绝对不简单。在谍战题材的影视剧里，潜伏人员为知道外出后是否有人进屋，会在门口撒些灰尘，这样就能辨别是否有人进入。不过，那都是老掉牙的保护手法，林寿龙的这种手法，更不易察觉，更专业!

“真有!”胡飞将果然在床头柜下找到一个小型的空气测试

仪，上面显示着各种数据。

可以肯定，林寿龙绝对不是一般商人！

“不好！老霍，林寿龙回来了！”陆晨看见林寿龙的奥迪车远远驶来。

那车开得飞快，转眼就要驰入酒店。

“胡飞将还在房间里。”罗珊珊道。

“不妙，林寿龙忠奸未明，胡飞将有暴露的危险。”霍敏转头通过对讲机向胡飞将发出指令，“老胡，快撤。”

“等等，进度条还没走完呢！”胡飞将看了一眼电脑。

罗珊珊急道：“你要是暴露了，恐怕要打草惊蛇。剩下的电脑数据不要了！”

“还需要多久？”胡飞将问。

罗珊珊道：“老胡，老胡，还有5分钟。”

“能不能争取5分钟，我还要把他的空气测试仪调回原位！”胡飞将道。

“珊珊，我们下车。”霍敏面容冷峻，“小陆子。”

“交给我。”陆晨点头。

林寿龙的车行过街口，转弯就是酒店平台。

陆晨驾着车，快速奔了过去，一个看似不小心的转弯，两台车不约而同地震动一下，陆晨的车尾和林寿龙的车发生了擦剐。

“嘿！怎么开车的?!”陆晨跳下车来，恶人先告状。

林寿龙并没有下车，他的随从走了过来，两人开始争吵。

“快啊，快啊。”胡飞将在房间看着林寿龙电脑上的进度条。

“珊珊，好了没有？”霍敏问。

“快了快了，10%……5%……好了！”罗珊珊的电脑上，终于接收完林寿龙电脑里最后一个数据。

“打完收工！”霍敏喊。

“是。”胡飞将迅速行动，取下优盘，关上电脑，然后取出了那个小小的空气测试仪。“这个怎么办？怎么把读数调高？”他有点急了。

“那里边有个感应芯片，你去放点热水，水温放最高！让水蒸气提升读数。”霍敏喊。

时间很紧迫了，陆晨在那里无理取闹，争取不了太多时间。

林寿龙已经摇下了窗户，招手让随从过去：“没大碍吧？”

“林总，伤了点漆。”随从躬身道。

“让保险公司处理吧，我想休息了。”

“是。”随从应声，然后转头，“快走快走，再不走，小心吃拳头。”

陆晨假装生气：“有钱了不起啊！不赔不准走。”

副驾驶下来一名秘书模样的男子，扔给陆晨一沓钞票：“够了吧，快走！”

陆晨立刻变了脸："哟，谢谢啊大爷！"

林寿龙的车终于开到了酒店大门，酒店的侍应迎了上来。

"好了没啊?"霍敏喊。

"马上！我出门。"胡飞将已经调高空气测试仪的读数。

林寿龙走进酒店大厅。

胡飞将开始清理脚印。

林寿龙按下了电梯。霍敏远远用望远镜看着："老胡，他从一号电梯上来了！"

胡飞将长吸一口气，抑制内心的紧张，他用白布包住门把手，轻轻退了出去，快步跑向电梯间，按下了电梯。

"不好，一号电梯先上来，你可能与他撞个正着。"霍敏道。

胡飞将压低帽檐，准备若无其事地与林寿龙擦肩而过。

"别和他照面！他电脑里有问题，别让他生疑。"罗珊珊猛地发现电脑里跳出一个新线索。

"啊?"胡飞将愕然。

"听罗珊珊的。"霍敏道。

胡飞将快速移动，退向步梯间，他听见一号电梯抵达20楼的声音，听见林寿龙轻轻咳嗽了一声，然后他的脚步很重，走回了房间。胡飞将长舒一口气，总算躲过了和他正面遭遇。

"发现了什么?"霍敏问。

罗珊珊道："敏哥，你看这个……"

霍敏顺着她的指向看去，电脑屏幕上显示一堆报道文章："这是……"

"有个记者，似乎对'蔚蓝一号'特别感兴趣，对林寿龙进行了关于'蔚蓝一号'的采访。"

"采访?"

"对，这家媒体是专门针对西川企业家进行人物采访。"

霍敏问道："林寿龙什么反应?"

"林寿龙接受了采访。"罗珊珊答道。

"林寿龙很谨慎，很少和人聊'蔚蓝一号'……"霍敏脑门一跳。

罗珊珊道："对啊！这名记者在自我介绍时称是'蒋先生'介绍而来，希望能采访林寿龙。"

霍敏道："蒋先生？有意思。查下这个记者。"

"好的。"罗珊珊迅速查询这名记者，"她叫白可青，是《当日财经》的记者。"

"是个女的?"霍敏脑中突然跳出一个大胆的想法，那晚孙德志抽着闷烟等候的女人，会不会和这个对林寿龙、对"蔚蓝一号"感兴趣的女人有所关联?

20 九尾

林寿龙回到酒店，打开房门，里面的香水味浓烈，他看了看空气测试仪，读数和出门时不一致，不过应当是在正常范围内。他头有些疼，感觉额头像针在扎一样。他每每遇到难题，都会向蒋建岳求助，可是这一次，他非但没有得到答案，反而更加困惑。

他不理解蒋建岳的用意，不管是情感上，还是商业利益上，他都不允许三叶株式染指他的心血之作。

林寿龙叫来秘书："告诉三叶株式的江上弘会长，我不同意他们的条件，中国人有自主创新的能力，我们奉陪到底。"

秘书林海一愣："可是，蒋副市长刚刚不是建议……"

林寿龙看着他，一字字道："听我的，寿龙集团还是我说了算！"

秘书林海不敢再说，退了出去。

林寿龙蓦地心口一痛，赶紧坐下来，喝了口水。他感觉口干舌燥，心口痛得更加厉害。

他这几天透支了心神，心脏病突然发作。"哎哟，不好，随身的药物不见了。”

他的心脏几乎就要跳了出来，他此刻内心最放不下的，只有他的独生子，这庞大的寿龙帝国，能不能交到他独生子林涛的手上？他看了一眼手机屏幕上已经跳出的熟悉的名字，那个从孩子小时候就喊着的名字，他嘶哑地喊着：“林涛儿……”

酒店套房的灯光熄灭，整个城市仿佛随之安静。林寿龙的呼喊随着寒风，从锦城银杏飘飞的天空，传到静谧的武都。

武都有一处古镇，背靠道教名山，藏风得水，林寿龙早年参与地产行业的时候在这里开发了一个项目叫“禅意山水”，是个别墅区。

林寿龙给自己留了一栋最僻静的独栋别墅，在疲倦的时候，他会到这个僻静的地方，冥想和静思。他给自己的这个独栋别墅取名叫“京都之墅”。

这个名字颇有些深意。

林寿龙已经很久没有光顾“京都之墅”了，自从他一心扑在“蔚蓝一号”上，就没有时间来这里休闲。

处于病危中的林寿龙不会想到，今天晚上他的儿子林涛正在“京都之墅”里胡天胡地，完全将他的清静场所当成了风流之处。

这凉如水的夜晚，榻榻米床垫上却温暖万分。“京都之墅”在“禅意山水”最幽静之处，真的是太安静了，隔着厚厚的园林绿化，依然可以听见“京都之墅”里传出一男一女的喘息声。

灯火摇曳，春光万丈，也不知过了多久，终于雨过云收。

“你还是那么迷人!”林涛色眯眯地说道。

那女子开口道：“嗯……阿涛，你答应我的事，可别忘了。”声音简直要酥了人的骨头。如果世界上有一种声音能听了让人中毒，那么这女子的声音简直可以让人百毒攻心。

林涛道：“我答应你的事，什么时候忘过?”林涛伸手过去，从背后抱住那女子，他的手不安分地摸索起来，那丝绸一样柔滑的肌肤，魔鬼般的身材，让他又一次激动起来。女子转过头来，黑发像瀑布一样顺滑而下，灯火照映她的脸庞，樱花一样的红晕，美得无法用语言形容。

她看着林涛，她的眼睛像海一样深邃：“如果这件事你不放在心上，你说该当如何?”

林涛故作正色道：“我就把我的心给你!”

那女子邪魅道：“这可是你说的……”她柔弱无骨的手指顺着林涛的胸膛慢慢滑过，指尖带起一阵酥麻感，她忽然停在了林涛的心脏部位，盯着他道：“我怕你的小心脏承受不起。”

林涛道：“我有的，但凡你要，都能给你。”

那女子问道：“真的？你不后悔?”

“真的，我不后悔。再过几天，寿龙集团就是我的，你要什么都可以，我什么都给你!”

那女子笑道："林涛啊，林涛，你可别忘了，上了我的船，可就再也下不去了……"

林涛眼神突然变得很空洞："我忘不了，我等的就是这一天，老头子该让一让了，这一切早该是我的！早该是我的！"

那女子故意笑道："其实你不用心急，寿龙集团迟早都是你的。"

林涛道："不，老头子一直都不看好我，寿龙集团迟早要交到他那私生子林海手中！"

林寿龙最信任的秘书林海到底是不是他私生子，这个问题根本不重要，重要的是，林涛被成功洗脑，竟然拿走了林寿龙保命的药物。

那女子长叹一口气，她的脸上蒙上一层悲戚，她那绝色的脸庞挂满天真和无辜，似乎从来没有想过要把人带入地狱，但所有追求她的人，通通都变成了魔鬼。

她有几分得意，她得意自己的容貌，得意自己的身材，得意自己的内在，得意自己的手段。她的手段，正合她的代号——"九尾"，是日本神话里的妖姬。

她深信自己，可以完成组织交代的任何任务，不管是功成名就的孙德志，还是新婚宴尔的林涛，没有哪个目标能逃出她的手心。

她忽然又有几分空虚，在她的青春里，真正接触过的男子，只有组织里的潘家明，代号"夜叉"。她和他一同接受训练，一同执行任务，同吃同住，一同长大……她只对潘家明动过心，那个面容无瑕的美男子。

可是，潘家明和她一样，都只是工具。工具，怎么会有感情？她和潘家明相依为伴，潘家明只对她透露过一个秘密，他似乎对袁晓燕动了感情。他居然对别人产生了感情，“九尾”震惊了，她把这个秘密告诉了“修罗”，“修罗”要求“夜叉”亲手毁掉袁晓燕！

如同潘家明不能爱上袁晓燕一样，她也不可以爱上潘家明。潘家明已经死了，如果不是国安局追捕他，“修罗”也不会让“天狗”阮锋行刑！他可以不爱她，可是他却不能阻止她爱他，她深深地藏住了这个秘密，她要报复！

潘家明临死前发送回来的视频里，暴露了那个追捕他的年轻人，他叫霍敏。

“九尾”闭上眼睛，认真评估了形势，她麾下有能演善变的“夜叉”潘家明、擅长突袭和爆炸的“天狗”阮锋、神之手速的“大蛇”车田浩二、擅长隐蔽和狙击的“河童”林世雄，可是霍敏将他们一网打尽。“修罗”已经不能容忍她的第二次失败，330所的密钥被追回，现在的“蔚蓝一号”绝对不能失手。

“蔚蓝一号”看似一个商业项目，其背后是中日两国高科技技术的博弈，扼制住中国新能源发展的进程，就能让这条腾飞的巨龙继续困于环境与发展的矛盾当中。

中国的国家安全已经进入了看不见的战场。中国的国家战略在努力解决能源与环境问题，某些国家势必不乐见，势必要出手扼制和破坏。三叶株式企业和林寿龙的谈判，就是这场没有硝烟的战争的一个缩影。

林寿龙是块硬骨头啊，既然拿不下他，就换人上场，换听话的林涛来继承整个寿龙集团。

“蔚蓝一号”不光是西川省的重心，甚至是举国上下关注的焦点，只要破坏掉它，然后煽动网民发动铺天盖地的攻击，政府的民意基础将遭到重创。

一定会有群众被煽动，就像林涛被洗脑一样。只要天一亮，寿龙集团落在林涛手里，计划就要成功，“修罗”将不费吹灰之力得到一切关于“蔚蓝一号”的东西。

现在摆在“九尾”面前的问题是，那个叫霍敏的年轻人已经查上了林寿龙。组织已经布下许多疑阵，想把林寿龙设计成监守自盗者，最后让他因为自然疾病而死亡，从而断线。但霍敏应该很快就能搞清楚林寿龙是一张好人牌，并不是监守自盗的泄密者，而与林寿龙联系过的人，都将成为他侦察的目标。

潘家明临死的时候，发给她的视频里，就是这个锲而不舍的年轻人。可不能小看他，潘家明、林世雄、阮锋、车田浩二都是栽在他的手上，必须搞定他，必须让他为潘家明的死，付出代价。

多亏林涛的婚礼。在婚礼上，她远远看到了霍敏，霍敏看新娘刘芸的眼神，充满遗憾和眷恋，“九尾”大喜，这太妙了，敌人的弱点，就是自己的靶心！

林涛用力地咬她的耳朵，她感觉有一点疼，她问自己：这世间，到底有没有真心？她对正在快感中迷醉的林涛说：“林涛，再替我做一件事。”

“嗯嗯……别说一件，百件千件也行。”

“好，杀掉你老婆。”

21 蒙冤

林寿龙发送给蒋建岳的加密邮件已经送到了密码部门，只要内容解开，就能推进案情。现在摆在霍敏面前的问题是：林寿龙那些专业的谍报手法到底是怎么回事？他到底是不是泄密者？

夜已经深了，霍敏一行返回单位后，各自回宿舍休息，抓紧时间补充体力，只留下罗珊珊还在跟进密码破译的难题。

霍敏刚躺下，电话响了起来。

“是……霍敏吗？”一个熟悉的声音在电话里响起。

霍敏一看手表，已经是凌晨2点。这个号码没有显示联系人。和许多人都犯过的错误一样，霍敏以为将联系人从手机号码簿删除，就能彻底忘记，其实，这个举动，不过是将这个号码装进了心里。

霍敏努力使自己的声音自然平静些：“刘芸，这么晚了有什么事儿吗？”

电话那头正是刘芸，刘芸说道：“霍敏，我有事要见你，我在锦城。”

霍敏道："你在哪儿？我马上到。""我马上到"，仿佛就是一种本能。

锦城向东的二环高架下，有一个东湖广场，是一个繁华的商业区，此时已是夜深人静，只有一个叫作"都是夜归人"的书咖还开着。

书咖是通宵营业，这很符合它的名字。书咖装饰温馨，灯火通明，书香和咖啡正慰藉着深夜无处可去的心。

半个小时后，霍敏出现在书咖门口，透过透明的玻璃窗，他看见原木色书桌旁坐着的刘芸，刘芸穿着一件精致的黑色大衣。黑色圆罩的吊灯在她头顶均匀温和地发着光，映得她脸色尤为苍白。

刘芸依然还是当年的模样，不施粉黛，只是脸上多了一些不属于她的忧伤。

霍敏双手插在口袋里，漫不经心地坐到她对面。

"最近怎么样？"刘芸先开口。

"就那样。"霍敏转身叫服务生，要了一杯柠檬水。

"还在那家律师事务所？"刘芸所知的霍敏，毕业后去了锦城一家不入流、不起眼的律师事务所。

"是啊，挺自由的。"霍敏也不想给她解释，现在正办着林家的案子，还是不要暴露身份为好。

刘芸道："你还是要努力准备司法考试，不能一辈子这个样子吧。"

他二人谈话依然无间，像是阔别多年的老朋友一样自然。

霍敏看了一眼书架，书架上放着一本《辩护大师》，写的是他们中州政法大学的师兄、大律师徐正义，作者名字很奇怪，不知道是笔名还是真名。

霍敏故意叹了一口气："有几个搞法律的，能像徐师兄那样功成名就啊，我就一小人物，日子得过且过就行了。"

刘芸正要继续给他上思想课，霍敏抬头看她："你不会大晚上跑过来，就是为了鼓励我考司法考试吧？"

刘芸一愣，转而沉默下来。

"怎么了？"

刘芸眼圈发红，说道："我需要你帮我。"

霍敏苦笑道："刘芸，现在你是林氏集团的媳妇，是上流人士，和我正是有如云泥，我能帮你什么？总不成是为你提供离婚分割财产的法律咨询吧？"

刘芸激动起来，眼泪簌簌直落，"林涛他……"她仿佛鼓足了力气，终于说出了口，"他要杀我！"

霍敏目瞪口呆："你……你不是做噩梦吧？"

"不，林涛不仅要杀我，还要杀他父亲。"

"林寿龙？"霍敏脑门一跳，他隐隐觉得这和泄密案有关。

霍敏定定神，问道："你怎么知道的？"

刘芸道："我听见的。就在今天晚上……在林寿龙的别墅里。林涛和一个野女人在那里鬼混！"

当天晚上，林涛谎称在“京都之墅”里替父亲林寿龙接待客人。气温骤降，刘芸担心林涛穿得单薄，便驱车前往“京都之墅”。在“京都之墅”的风花雪月之外，刘芸颤抖着听着里面的对话。她遇到了她一生都不敢想象的场景。

怎么办？她不敢相信这个人是自己的丈夫。从林涛的言语间，她感受到阵阵杀意，她退了出来，她需要帮助的时候，第一时间想到的，竟然是霍敏。

刘芸边哭边开车，缺乏社会经验的她，根本不知道该怎么办。是揭穿林涛，还是忍辱过下去？林涛不会真的听那个妖姬的话，要杀掉自己吧？

南北高速很长，她结婚当日，霍敏也是独自驾着车，不顾疲惫，赴一场心死的约会。道路都是相同，心情却不一样。

女人的直觉告诉自己，林涛所说是真的。

霍敏问：“刘芸，会不会是你听错了？”

“你为什么不相信我？!”

“林涛为什么要杀林寿龙？争夺资产？他可是林寿龙的独生子，寿龙集团唯一的继承人。林涛和你结婚不久，为什么要杀你？只不过，林涛和人鬼混，似乎很……”他就此打住，将“正常”两个字吞回去。

刘芸哽咽起来，霍敏心立刻就软了，安慰她道：“会不会是林涛讨好那女子的言语？”

刘芸趴在书桌之上，只是哭泣：“我该怎么办……我该怎么办啊?”“我真是瞎了眼睛，这世界上，看见的，竟然是相反的一面!”刘芸哭泣着说，她正在承受林涛的背叛。

霍敏伸手想拍她肩膀，又缩了回来。这个天真的女孩，从未经历过人心的尔虞我诈，也从未预见过人间的魑魅魍魉。

“看见的……竟然是相反的一面……”霍敏喃喃地默念她的话。忽然他胸口像是被一个大锤击中，一个念头钻入他的大脑，“哎哟！不好，我们侦察方向被带偏了!”

“霍敏，我知道林涛的父亲今夜就在锦城，你帮我去看看他，好吗?”刘芸道。

霍敏沉吟半晌:“这么晚了……林寿龙这样的大人物，我不一定能见着。”

“不管林涛怎么样，可是林寿龙毕竟待我不错……”

霍敏站起身来:“刘芸，你今天晚上到酒店先住下好吗?明天天亮之后，我陪你去找林寿龙，我不信就没人能管林涛这小王八蛋，放心，我会保护你的。”

刘芸收住眼泪，点点头。二人走出广场，走到广场对面的酒店，霍敏站在门口，目送刘芸上去。

霍敏看了看表，已经是锦城最深的夜了。这个夜晚，恐怕要发生很多事。刘芸的担心，想必不是子虚乌有。

“珊珊，林寿龙不是泄密者。”他抓起了电话，打开了电话里的通话保密程序。

“如何得出?”罗珊珊正在和密码部紧锣密鼓地破译那份邮

件，“那个邮件加密的方式和用空气密度掩护房间的手法是怎么回事？”

霍敏快步走，他所处的地点，离林寿龙下榻的酒店不远。他大口呼着气，感觉寒风将呼吸都冻成了冰。

“快，通知大家，马上到林寿龙的酒店集结，他可能会出事！”霍敏接着说，“看见的，是相反的一面……不用破解那封邮件了，这些都是敌人故意布的阵，要误导我们的侦察方向。也就是说，在胡飞将进入林寿龙房间之前，已经有人进入了他的房间，并且发送了这样的邮件，故意设置了空气检测仪，把林寿龙扮成一个‘可疑’的泄密者。”

“这么说，这台电脑上获取的邮件……”

“对，是故意做给我们看的。”霍敏斩钉截铁道。

“等等！我们已经破解了！”电话那头罗珊珊说道，“已经打开了！”

“我猜，林寿龙发给蒋建岳的，是一封空白邮件吧！”霍敏道。

“不……”电话那头的罗珊珊语气有些怪异，她看见打开的邮件里，是一张青面獠牙的修罗图案，图案下方，写着一排字：“我带你们入地狱。”

罗珊珊倒吸了口凉气：“这是挑衅啊！”她已经知道霍敏的推理正确。“我们错了，邮件的时间轴被人调整过，我们误以为是谈判之前发出的邮件，这一份加密如此复杂的邮件，根本就没有想过要让收件人‘JIAN YUE JIANG’打开，只是想让我们觉得林寿龙是鬼，并且混淆我们的视线。”

霍敏道：“这是贼喊抓贼！既然有人先我们一步动过林寿龙的电脑，里面有用的东西自然被洗劫一空，然后……敌人在他的电脑上，留给我们一个假的现场，干扰我们。”

“好狡猾。”

“我在锦绣北路岔口，我先一步。”

“敏哥，我们马上就到。”

霍敏心中隐隐觉得刘芸说的是对的，虽然现在还搞不懂林涛为什么要弑父，可是林寿龙如果是一张好人牌，他顶着压力坚决不让日本人得逞，那么他很可能会遇到危险。

霍敏已经到达酒店的门口，这家超五星级酒店几乎就是锦城的一个地标。霍敏径直上了电梯，电梯上升的过程中，轿体里的灯光强得有些耀眼。如果林寿龙有了意外，局势将难以预料。他准备出示证件，亮明身份，直接向林寿龙提出特殊安全保护。陆晨他们随后就到，不管林涛和那个神秘女子今天晚上要干什么，都不会让他们得逞。

电梯一声轻响，已经抵达了20楼套房层。林寿龙就住在2007号房间。霍敏掏出之前复制的房卡，准备冒昧打扰林寿龙，他一定睡得很沉，他不光要带领技术研发，还要周旋于各种利益博弈之间，这是一位值得钦佩的老人。

“咦?”霍敏发现2007号房间的房门没有关闭。一种不祥预感涌上心头，他掏出手枪，闯了进去。

一进门，霍敏就看见林寿龙就倒在门口，他似乎在用力往外爬着，无力的手，试图去打开那道厚重的门，他已经没有力气呼救了，这个想改写中国能源史的老人倒下了。

霍敏将武器收好，赶紧去查看他的鼻息，林寿龙还有呼吸。

蓦地，他觉得氛围出奇的诡异，他本能地警觉到了危险。

他想赶紧退出，但当他拉开门的一瞬，迎面而来的是一阵照相机的闪光灯，人头攒动，一帮记者模样的人往反方向开始跑，脸上带着惊恐神色。

“看哪！消息是真的!”“快报警!”“果然有人要搞死林董事长!”

他们怎么知道有人要杀林寿龙？

谁杀了林寿龙？

记者惊恐的眼睛里，只看见霍敏。

霍敏意识到，他将面临的，恐怕是这一生中最危险的局面。

22 停职

天终于亮了。

李正阳把霍敏从公安分局领出来的时候，脸色很难看。他不是冲着霍敏来的，他是感觉被敌人狠狠打了脸。

“那个刘芸是你什么人，啊？你就不动动脑子判断吗？”

霍敏承认自己在那一瞬间有些鲁莽，他竭力使自己保持冷静，将昨天晚上的现场在脑子里还原。林寿龙已经被送到了医院抢救，目前情况不明。

“你就不怕被当成嫌疑人？”李正阳点了一根烟。

“公安分局的兄弟不都已经排除了吗？”霍敏道。

昨天晚上，公安分局接到报警电话，立刻就出了现场，霍敏没有离开，作为第一个进入现场的人员，他接受了调查。楼层监控视频显示，霍敏是在房门被推开将近一个小时后，才来到20层。

霍敏的嫌疑被排除，当晚带班的刑警副支队长王励志将他一人带到了办公室。

“哪个部门的？”

“我是律师事务所的。”

王励志冷笑一声，他是老刑警了：“我单看监控视频里你持枪跑步的动作，就知道是训练有素的警务人员。”

霍敏只好自报家门：“国安局。”

王励志眉毛一抬：“自己人。”他打了一通电话，向上级汇报情况。正在此时，李正阳出现了。刑警支队大门的警卫将他挡住，问他来意。

李正阳出示证件，亮明身份，那警卫定睛一看，来者竟然是个一级警督，立刻向李正阳敬礼，然后报告了带班的王励志。

公安分局的头头连夜赶了过来。案件可能不是一个单纯的刑事案件，经过连夜会商，决定暂时不对外披露过多信息，以免给工作带来被动。

李正阳领着霍敏走出公安分局的时候，天已经亮了。他看了一眼锦城薄雾笼罩的早上，寒风凛冽。

李正阳对霍敏说道：“恐怕啊，这事儿还没完……”霍敏看他一眼：“怎么个没完？”

“召集你们小组开个会吧，我总觉得是有人故意诱你出现在林寿龙受害的现场。”李正阳说道。

霍敏脑门一跳，刘芸不会是故意的吧？

二人先去了一趟刘芸昨晚住的酒店，酒店前台告知他们刘芸已经退房了。霍敏拨了两次电话，都无人接听。

李正阳斜着眼睛看霍敏："你小子，怎么就那么不开窍？迟早栽在刘芸这个女人手里！"

二人回到单位，李正阳被局长一个电话叫了过去。

"没事吧？"罗珊珊跑了上来，她昨天晚上带人抵达酒店的时候，霍敏已经被公安带走了。是罗珊珊立刻通知了李正阳。

霍敏忽然发现办公室的四五个警员看他的眼神有些怪怪的。"怎么了？大家。"

陆晨有些尴尬地笑："老霍，你上头条了！汪峰老师今天要发布新歌。"

胡飞将给陆晨一个爆栗："你小子怎么说话的！"

霍敏转头看着罗珊珊："怎么了？"

罗珊珊一耸肩，故作轻松。

陆晨指了指手机。

霍敏打开手机，铺天盖地的新闻扑面而来：寿龙集团的掌门人林寿龙被害未果，如今正在ICU抢救，疑似其儿媳妇的前男友寻仇所致。

报道写得含沙射影，标题各种扯眼球，基本上都统一了口径，刘芸本是霍敏女友，后嫁入豪门，霍敏仍是名不见经传的小小律师，心怀妒恨，疑似下毒。

林寿龙明明是心脏病发作，给药不及时才出了问题啊！

这是小说啊！比辩护大师徐正义还会编！

他接着看下去，只见这篇报道中附上了昨晚他和刘芸在

“都是夜归人”书咖的照片，还有他和刘芸出现在广场酒店外的照片，以印证二人于刘芸婚后仍然私通，引导网络舆论，暗指二人串通，谋财害命。

寿龙集团的太子爷林涛于早上 8 点向广大媒体发出声明，由于父亲还未清醒，他将接手寿龙集团，并要求警方严惩凶手。

他在视频中，神情沮丧，频频落泪，将妻子背叛的悲愤表现得淋漓尽致。

当记者问及林涛对凶手的怀疑时，林涛直指霍敏与刘芸有私：“即便是结婚后，他们一直都在联系。婚礼当日，那个小律师还来找过她。”

豪门、奸情、投毒，从来都是花边新闻吸引眼球最好的法宝。花花公子林涛，长期以来都是花边新闻记者竞相追逐的对象，这一次，他主动跳上前台，大爆猛料，真是引发了轩然大波。

庆幸的是，霍敏的身份没有暴露。

霍敏这下明白大家的眼神了：“简直是胡扯，我司法考试还没过呢，哪里是律师了？”

李正阳从局长办公室回来的时候，一脸严肃。

“霍敏，你得回避一下。”

“为什么？”

“你小子，看看现在互联网上都说的什么！”李正阳道。

霍敏有点急了："依照诉讼法律规定，这种情况不属于回避范畴吧！"

"我这是为了你好！你最好这几天哪儿都别去！"

霍敏看着李正阳，一字字道："你怀疑我？已经有证据证明我不是凶手！"

"现在是全天下的人都在怀疑你！就算你不是凶手，你深夜和人家有夫之妇相会，这哪里是一名党的干部的行为！"李正阳大声道，他停顿了一下，"我早就提醒过你要回避，你就是不听。现在有人盯上你了！我是在保护你……"

陆晨一看气氛紧张，赶紧劝说，想说服霍敏赶紧"奉旨休假"："单位的大妈大姐们，也在议论你。你歇着吧，你是没领教过，'自古机关闲人多'，有些部门造谣传谣的风气，比娱乐圈还恶劣。"

霍敏气不打一处来："这么低劣的谣言，大家就没有智商判断吗？"

"嗨，霍哥，你有所不知，造谣这种事，除了伤子孙阴德之外，没什么成本。信谣的人，往往都看热闹不嫌事大，但凡有人带头造谣，就喜欢自作聪明地信一信，再一本正经地传一传：'这事有鼻子有眼，我看是真的，你可别给人说啊……'旁观就是帮凶，各怀鬼胎。"

李正阳听不下去了，一挥手："陆晨，别扯这些猪狗鸡鸭的，现在就事论事！"

陆晨赶紧收了声，不敢插话。

霍敏急道："您听我说，李处，再给我一天时间，林寿龙的电脑被人动过，敌人就在林涛身边，刘芸见过那个和林涛密谋的人，只要找到刘芸，就能证实我说的！还有，林寿龙是一张好人牌，可那个叫白可青的女记者，是蒋建岳介绍她去采访'蔚蓝一号'的……"

"不要说了。今天一早，省里边就打了电话过来，要求我局高度重视'西川与日方的友好商务合作'，在职责范围内做好安全保卫工作，不要因为林寿龙的孤立刑事案件，影响了'蔚蓝一号'的进度，甚至影响西川省经济建设大局。林寿龙的案件，到底是不是行凶，还是他本身心脏病发作，等公安刑警那边查明再说。"

"这算什么？"霍敏一拍桌子。

"警号 511465！交枪交证件，服从命令！"李正阳正色道，"你好好休息几天，剩下的工作，会有人接手。"

霍敏窝火极了，他将配枪和证件重重放到李正阳的桌上。他转过身看见他的三个同伴，陆晨和胡飞将一脸无措，罗珊珊侧过头，她伤心极了，又是因为刘芸，又是因为刘芸！

23 英雄

日本的谈判代表江上弘从酒店走了出来，他独自一人走在路上，此刻是午饭时间，他却没有任何胃口。

早上酒店的早餐让他直接吃反了胃。他一直以为自己很能吃辣，于是大胆地在酒店早餐的面档点了一碗麻辣小面，然后……他的随从差点把他送进医院。

江上弘在房间躺了一会儿，肠胃好些之后，起来在房间里走了走，随后他收到了一条重要信息。他撇开随从，独自出门了。发信息的人约他到锦城西区的一家日料店相见。信息的加密方式，他一眼就认了出来，这是来自“修罗”的接头邀约。

江上弘很快来到西区的居酒屋。居酒屋不大，主厨叫阿尾政，是一个日籍旅中的主厨，他做的日料，在这一带很有名。江上弘早就饿得前胸贴后背，他咽了咽口水，径直钻进了居酒屋。

阿尾政四十来岁的模样，长得其貌不扬，眉心有着匠人般的执着，他站在操作台后，打开水龙头非常认真地冲洗自己的手，俨然一副主导者模样。

江上弘一口接一口地喝着杯子里的热茶，头上冒着汗。这可不是做日料的主厨和顾客该有的状态，这分明是上下级关系。

阿尾政开口了："你们这段时间就在中国住下吧，务必通过谈判，正面拿下。"

江上弘道："我们虽然拿到一部分数据，但是最核心内容'中晶'芯片还没摸到边儿，如果不想办法拿到最核心的东西，就算唬得了林寿龙，也骗不了我们自己。"

"林寿龙确实不好搞，他太硬了，又缜密，这样的老头儿是值得钦佩的，可以叫'英雄'吧。我的内线，能在寿龙集团里给你搞到一些涉密的参数，为你在谈判中占上风，已经很不错了。"

江上弘恭恭敬敬地行礼："是。多谢。"

阿尾政叹了一口气："'火工'按照计划，在酒店洗劫了他的电脑，却只拿到一份简单的项目书，根本就不是'蔚蓝一号'的机密数据。"

江上弘这才发现，在居酒屋角落里坐着一名男子，他戴着鸭舌帽，把帽檐压得很低，这人想必就是代号"火工"的行动特工。这应该是"修罗"这次带过来的最强外线特工了。他真名叫彭永辉，是新加坡退役的特种兵，后被招募进了"修罗"。

江上弘强笑道："幸好'火工'做了一个假现场，嫁祸林寿龙就是监守自盗者，为组织争取到了时间。"彭永辉听他在上级面前捧自己，不由得冷酷一笑。

阿尾政却泼出了冷水，道："自作聪明，我们的对手很快就会反应过来的，也就最多几天时间。"

江上弘道："那该怎么办？"

阿尾政洗净手，开始用手攥寿司，江上弘看着阿尾政手里晶莹的鱼生和饭团，吞了吞口水。

阿尾政道："还是要做两手准备。我女儿'九尾'会牢牢抓住林涛，而另一方面，'湮灭计划'也要加快速度了，如果实在得不到，那就不妨毁了它。"

阿尾政将两个诱人的寿司摆在考究的碟子上，江上弘正要去接，谁知阿尾政直接拿起寿司，自己吃了起来。

江上弘有些尴尬地缩回了手。阿尾政道："不好意思，我亲手做的料理只有两种人吃过，一种是我的客人，一种是我的家人。"

江上弘心里一颤，尴尬地笑了笑："了解，了解。"

阿尾政所谓的"湮灭计划"到底是什么？他轻轻用手指写下两个字："海关"。

西川机场晴空万里，一个旅行团排着队过关，旅客身上穿着印有普吉岛字样的衣服。安检人员紧盯着屏幕，检查过安检的行李，发现箱子里有一个形状奇特的金属物件。安检人员拎出箱子，箱子的主人走了过去，是一个瘦高个。

安检人员示意瘦高个打开箱子，取出了那个金属物品。

安检人员问：“这是什么东西?”

“这是一个产品的样品，是朋友托我带给国内客户的，具体的我也不懂，您自己看报关文件吧。”

安检人员核对报关文件，没发现异常，把金属物品放回去，准许游客入关。

无独有偶，次日，一个东南亚旅游团排队通过海关。

海关人员从箱子里取出一个奇特的电子元件，这又是什么?游客说道：“是产品样品，报关文件上写了，帮人家带的。”

海关人员看了看报关文件：“你先等一等。”

海关人员急急忙忙跑到办公室，将四张报关单放在桌上，向今天的带班领导副关长罗越汇报：“今天又发现有个游客行李中带了不常见的电子元件，这已经是近一周来的第四起了。”

罗越副关长若有所思，他抬头看了看窗外的天空，风雨欲来。

他的儿子曾经战斗在隐蔽战线，他隐隐感觉到了不对劲。他的儿子罗法刚和霍敏有着不解之缘。

2008年的中国，正在举办奥运会，那年的夏天，所有年轻人都被爱国热情感染，每当看见五星红旗在赛场上升起，都会热泪盈眶。

2008年的时候，还有一件举国关注的事，锦城和中州的高铁通了，中国的高铁在崇山峻岭之间，横架天险，巨龙飞跃，中国技术再一次得到印证，下一步，总理将带着高铁项目走向海外，这极大彰显了强盛的国力。

那个时候的李正阳比现在年轻许多，不过，他可没有时间去欣赏赛场上的精彩竞技。但他做的事，比比赛更紧张刺激，他要做的是和时间赛跑。

在举国欢腾的时候，境外情报组织悄然派入行动特工，准备在中州与锦城的高铁之上，破坏高铁的制动系统，制造灾难事件，然后通过舆论，扼制中国高铁的全球战略。

国安局的事没有小事，但是这些事从来不会公开报道，从来没人知道平静生活之下，有人挡住了黑暗，有人牺牲了生命。

李正阳为了侦破案件，带队踏上了这一趟死亡列车。在列车上，李正阳的队伍与敌国特工斗智斗勇，陷入胶着。

命运似乎特别眷顾李正阳，给李正阳送来了一份大礼。

那个时候的霍敏，还在中州政法大学念书，这一日他探亲返回，从锦城转乘高铁前往中州。

在双方交战的混乱之中，霍敏无意拾到敌人的密码母本，这母本全文共计三万多字，是敌人潜伏在国内的组织的通联暗语。霍敏因此卷入案件，成为敌人挟持的对象。

列车抵达站台，敌人技穷之际，公然启动炸弹，李正阳的搭档罗法刚，在干掉挟持霍敏的敌人后，抱住炸弹，从车内一跃而出，拯救了众人。

霍敏被那一幕深深震撼，这可是只有在影视作品和文艺小说里才看得到的场景。罗法刚回头冲霍敏一笑，真是闪耀着生命的光辉。

罗法刚当年不过二十岁出头，二级警司。他和霍刚一样年轻。他的父亲罗越时任西川海关缉私处处长。

命运的大戏才刚刚开始，霍敏终于意识到，列车上的李正阳、罗法刚他们根本就不是普通的便衣警察，而是在政法大学的教科书上，语焉不详地提到的那个神秘部门——国安局的人。隐蔽战线，默默无闻，主司保卫国家安全、政权安全，打击敌国特工、情报人员，打击恐怖、渗透、颠覆犯罪。

而李正阳也意外地发现，这霍敏居然过目不忘！那本三万多字的母本在交战中毁灭，而霍敏从头到尾给李正阳背了出来。

列车安全了，可战斗还没有结束，李正阳拿着霍敏默写出的母本，接二连三，破获敌人的通联暗语，成功摧毁了敌国间谍的潜伏窝点。

多年来，霍敏常常想起当年那个救了自己生命的同龄人，他的青春永远定格在了执行任务的那一天。

霍敏的人生，似乎早就被规划好，念大学，然后考公务员，或者回家做点小买卖……直到他踏上那一趟惊心动魄的列车，他的热血被唤醒，命运轨迹随之改变。

两年后，他大学毕业，李正阳顺理成章地领他入行。

在入职宣誓仪式上，他在一众年轻人中，喊着：

对党绝对忠诚，

甘当无名英雄！

霍敏时常会想，当年的罗法刚，一定也和他一样，宣读过这样的誓词。

这是他入行的原因。他从来未向人提及，除了李正阳。

当年的惊心动魄又在他脑中重现了一遍，仿佛就在昨日。

这两天他无比沮丧，在案件最需要他的时候，他被停止了工作，李正阳命令他哪里都不能去。

他走到国安局大楼的二楼平台上，平台很宽阔，周围种满了银杏树，平台正对青府河，阳光洒进来的时候，透过金黄的银杏叶，发出迷幻的光晕。

平台中心有一些板凳和小方桌，是给干警休息的地方。现在秋冬风大，平台上空荡荡的。霍敏百无聊赖地喝着茶，茶叶是很苦很浓的沱茶，他把双脚放在椅子上，将四肢舒展开来。锦城的冬日，虽然风冷，却也有阳光。

“哎，怎么啦？”一个清丽的女声从他身后传来。

不用回头，霍敏都能听出是罗珊珊。“你来干什么？不用工作吗？”现在整个侦察处，就只有他霍敏一人，奉旨休假。

罗珊珊身着棕色呢子大衣，站在银杏叶中央。

罗珊珊笑道：“你是在这里沉思吗？”

霍敏叹气道：“我不在‘这里’沉思，还有‘别的去处’沉思吗？”

罗珊珊道：“不想跟进案子了？”

“我现在被李正阳勒令回避。”

罗珊珊神秘笑道：“我有新线索！”

霍敏眉毛一挑，立马来了精神：“快，说来听听。”

“我为什么要帮你？你总是在帮你的刘芸，你找她去啊！”

“我……”

罗珊珊高冷起来，真是气势逼人。

霍敏又坐了下来：“刘芸不见了……”

“你担心她是吗？”

“嗯。”霍敏点头。

“你撒个谎哄我一下会死啊了？！”罗珊珊道。

霍敏看着罗珊珊，一字字道：“珊珊，我需要你的帮助。”

罗珊珊道：“不行，不能白告诉你。”

“那要怎么样？”

“你念十遍‘罗珊珊比刘芸漂亮’，我就考虑告诉你！”

“别闹啦！”

“那好，我回去了。”

霍敏真是服了这个大小姐。“好好好……我念我念，姑奶奶，你比刘芸漂亮……你比刘芸漂亮……”

罗珊珊已经乐不可支，她五官精致，笑起来更如春风扑面。

罗珊珊好容易收住笑，说道：“好了，给。”她随手扔给霍敏一个文件袋。

“这是……”

“那个叫白可青的女记者，信息都在里边……还有，这个……”口袋里还有一张图片，一张青面獠牙的修罗图，下面写着“我带你们入地狱”。

霍敏端详半天：“这够狂妄的啊！”

他又问：“林寿龙的电脑数据有情况吗？”

“已经全查验过了，‘蔚蓝一号’的核心数据，敌人依然没得手，你的推理是对的。”罗珊珊道。

“敌人想嫁祸林寿龙监守自盗，我们‘证否’也花了不少时间。”霍敏突然有点不好意思，“谢谢你来报信儿！”

“不用谢啊——下次念二十遍就好了！”罗珊珊笑道，她眨眨眼，“我再告诉你个事儿……”

“什么？”

罗珊珊大声道：“李正阳分析了各方面的情报，认为这个白可青有重大嫌疑，我们马上得行动起来！”

霍敏道：“我明白了，谢谢！谢谢珊珊！”他自然明白，这局面的扭转，多亏了罗珊珊的努力。

李正阳叫来霍敏，指示霍敏带队对白可青开展侦察。二人密议多时，终于定下工作方案，霍敏出门时，罗珊珊嚷着也要去。

“你也要去，你去能干什么?”霍敏道。

“废什么话，能看到林涛这王八蛋崩溃的样子，这种场面，我怎么能错过!”她转身离去，“李处长已经同意了，快，跟上我。”银杏落叶飞舞，映着她修长的背影。

霍敏看着罗珊珊的背影，发了一会儿呆，心中一阵暖意。

24 杀局

白可青住在临江的小高层叠拼洋房，三楼跃四跃五。从照片看，这姑娘清纯脱俗，眼睛又大又亮，非常有神。

屋子坐北朝南，临江而建，在闹市中别样清静，是不错的高档小区。罗珊珊和霍敏扮作社区工作人员，以统计常住户的名义，找到小区物业。据物业反映，白可青这姑娘为人挺和善的，进进出出，和街坊邻居都相处和谐。可是，有一点很奇怪，她似乎没有任何社会交集，从来就没有见着有亲朋来访。不过啊，这也没什么，现在高楼林立，人际关系冷漠，一个外来的姑娘，每天按时上班下班，很正常。

“这姑娘百分百有问题，别打草惊蛇，我从窗户进去。”

霍敏和罗珊珊转到房屋背后，仰头看去，“好在楼层不高。”

罗珊珊道：“只能徒手攀爬了。”

霍敏一耸肩，快步蹬了上去，他小心打开窗户的一角，确定里面没人后，轻手轻脚地翻了进去。

“看这身手，当年没少翻女生宿舍啊！”罗珊珊道。

“帮我放个风，这光天化日的，当心被人当贼。”

“嘀嘀——嘀嘀——”阿尾政正在居酒屋内忙着做寿司，在他的操作台下面，一个远程警报器响了起来，阿尾政面色变得很警惕，他转过头，告诉“火工”彭永辉：“‘九尾’的家里有动静，你去看看。‘湮灭计划’必须万无一失。”

彭永辉抓起帽子，摸了摸腰间的军用制式匕首，飞快就跑了出去。

这边，霍敏已经进入了房间，白可青的房间收拾得井井有条，卧室、书房、工作间……

“啊……”霍敏一声惊呼。他看见白可青不大的工作间里，挂满了林寿龙的照片！

耳机里传来罗珊珊的声音：“怎么了？”

霍敏道：“屋子里全是林寿龙的照片。”

照片里的林寿龙威仪尚在，似乎都在看着霍敏，屋里阳光照不进来，阴森森的。

“看样子她很长时间都在观察林寿龙。这会不会是人家的职业习惯？”

“这也太敬业了吧，有些反常。”霍敏顺着一排照片看去，有的照片是对林寿龙及寿龙集团进行采访时拍的，有的是密拍。照片上还有时间：“5 月 11 日报道……”“7 月 23 日报道……”他拿起桌上的各种报纸，上面都是关于新能源的信息简报。

霍敏进入跃层的房间，墙面上挂着很多奖章，以及极限运动、攀岩运动和跑酷运动等看不清脸的照片。

霍敏坐在写字台前，打开电脑，显示需要输入密码，他掏出一个 U 盘插在电脑上，屏幕上出现一个解码器，飞速跑着字符。软件破解了登录密码，霍敏正想打开电脑看看有什么。

“来不及了，全部拷走。”罗珊珊道。

就在此时，楼道里传来脚步声。

“不妙，当心打草惊蛇。”罗珊珊再度示警。

“等等！我有发现！”霍敏猛地发现电脑旁边竟然有一张铅笔草图，这张图画的像是一个特殊设备，上面标满了各种数据参数。

“怎么了？敏哥，快下来。”罗珊珊手里捏出了汗。

她迅速跑动起来，朝房屋前方跑去，如果脱不了身，势必与敌人发生遭遇战，她必须接应霍敏。

屋外的脚步声越来越近。

“别吵，我有发现。”霍敏凝神静气，定住心神，从头默念，要将整个草图记入脑中。

当年他被李正阳看上，正是因为他过目不忘的能力，将敌人一份密码母本默记下来。

现在要记下他手上的草图难度并不大。

脚步声已经到了门口。

霍敏终于记完了全部内容，他将草图放回原位，来不及完成拷贝电脑内容了，只得关上电脑。

他飞速奔向离他最近的窗户。

“砰——”门开了。

“火工”彭永辉站在门口，他手持一把锋利的匕首，浑身上下散发着杀气。

单从他反手持刀的姿势，就知道此人是不可多得的高手。

彭永辉开始检查窗户，他把所有可能逃生的地方都看了一遍，他向下张望，毫无所获。

在底楼隐蔽起来的罗珊珊的心都提到了嗓子眼，霍敏哪里去了？霍敏怎么办？

彭永辉在房间里转了一圈，走到角落里，挪开一本书，书后面布置着一个微型警报器，就在他拿起书的同时，一只肥大的老鼠从他脚下跑了过去，窜出了窗户。

彭永辉持刀的手放了下来，他长出一口气：“原来是老鼠，老板太敏感了。”

彭永辉检查了白可青的电脑、书桌，他拿走了那张铅笔草图，然后关上门。

随着关门的声音，霍敏终于松了一口气，此时绝对不能打草惊蛇。

他从楼顶滑了下来，他料定敌人会检查窗户和地面，就反其道行之，翻出窗户后向楼顶爬去。

25 特殊设备

国安局装备处的办公室里，李正阳正和技术科的徐博士沟通情况。

“太奇怪了，这到底是什么？”徐博士的电脑屏幕上，四件电子元件一字摆开。

这是刚刚海关罗越副关长通报过来的，最近有很多这种奇怪的电子元件流入西川。

三十岁左右的徐博士是个技术宅，他留着邋遢的胡子，不过衣着倒还算是整洁。

徐博士脑袋都要挠破了：“这些电子元件分开来都很寻常。”

徐博士点击手中的遥控器，屏幕上的四个元件合在了一起，中间还有一些空缺，然后用3D图像补齐。

李正阳道：“这是什么？”

徐博士道：“如果把它们放在一起，就像是某种特种装备，但具体是什么，现在还无法判断。”

“如果加上这个图纸呢？”一个声音传来。

李正阳和徐博士循声望去，看见霍敏和罗珊珊站在门口。

罗珊珊道："报告李处，您让查的白可青家，有收获。"

霍敏将脑袋中记住的图纸画了出来。

徐博士眼睛一亮："这是……"

霍敏道："我怀疑他们在组装某种特殊武器！"

徐博士脸色凝重，看了那张草图足足十五分钟，终于开口道："看来我们的对手有大动作了。"

李正阳命令道："把东西扣下，'修罗'那边肯定会采取行动，敌人只要一动，大家就有战机，一网打尽！"

罗珊珊和霍敏齐声道："是。"

李正阳的猜测一点都没有错，电子元件一被扣，敌人那边马上就坐不住了。负责携带最后一组电子元件入关的游客有些慌张，他出了机场门口，找到坐在车上的彭永辉，一脸焦急地跟他耳语了几句。

彭永辉脸色一变，关上车窗给阿尾政打了一个电话。

"老板，最后一组元件被扣了。"

阿尾政正在为客人做寿司，今天的两名客人非常尊贵，阿尾政从早上就开始挑选食材，他有些气不打一处来："怎么回事？"

电话那头的彭永辉道："说是手续有问题。"

阿尾政放下了正在切刺身的刀："这条线路有问题，再运进来就难了。”

彭永辉沉吟了半晌：“还有个办法，用特种材料进行 3D 打印，但这需要一台工业级的 3D 打印机。”

阿尾政道：“工业级？”他想到了一个人，真是远在天边近在眼前。

阿尾政露出了微笑：“你尽快准备好材料，我来解决打印设备。”

彭永辉挂了电话，看了看周围，发现没有异常，开车走了。

在彭永辉的身后，胡飞将开着一辆车从转角处出来，悄悄地跟了上去。

彭永辉用了假名字、假护照入境，本以为躲得很是巧妙，可他忘记了一件事，中国国安局不是吃素的。

他去过白可青的家，罗珊珊调取了当日进出小区的监控，虽然他把自己包裹得很严实，可是继续查他的轨迹，终能溯源他使用的假身份。胡飞将没用多少劲儿，就锁定了他。

阿尾政亲自将做好的日料，端进了包厢，那包厢里一男一女正在畅饮。

男的正是刚刚宣布临时负责寿龙集团的林涛。林涛上任后作出的第一项决定，就是聘用一位公关部总监。这位来历不明、魅力四射的公关部总监，相传曾在日本专修公关和管理，留学归来后又在媒体工作，有着丰富的工作经验。

此刻，她就正坐在林涛对面，品尝着阿尾政亲手做的日料。

此人正是那面容姣好，拥有魔鬼般身材的白可青。

对于白可青来说，能再一次吃到父亲做的日料，真是难得，她今天颇有些感慨。

林涛不仅聘用了白可青，还让白可青列席董事会。

在董事会上，不懂事的副总高建国炮轰了此事，可是林涛依然一意孤行。

高建国是公司的元老，追随林寿龙很多年，从寿龙集团一开始做传统能源项目，就跟着林寿龙，在集团里有着极高的威望。

他一身正气，颇有些怒目金刚的威仪，集团里那些做了见不得人的事的人，见了他都会怕。

现在林寿龙倒下了，集团内忧外患，这个二世祖公然把自己的情人聘到公司，还列席董事会，这是要翻天了！

董事会不欢而散，林涛也不以为意，他拉着白可青，去居酒屋吃日料去了。

林涛边吃日料，边大骂高建国，他骂了足足半个小时，看来这些年没少吃高建国的亏。

高建国为人正派，资历深、威望高，在集团里林寿龙也要敬他三分，林涛在集团里乱搞，高建国不止一次炮轰他，让他下不了台。

林涛骂也骂够了，酒也喝足了，事业上位，美人在侧，也不和高建国计较了。

“高建国这孙子等这个位子等了这么多年，没想到，还是落到我手里。”

白可青看着醉眼迷离的林涛，知道已经到了火候，便问道：“林涛，你现在有什么打算？”

林涛说道：“我听你的，你说怎么办，我就怎么办！”

“公司现在这种情况，就怕有人趁乱动什么歪心思。我看，最好能够把‘蔚蓝一号’的资料备份一下，攥在自己手里，这样万一发生什么事，你也好有个准备。”

林涛点头道：“那我明天就安排！咱俩一起去接手研发基地！”

白可青笑了，她笑得有点落寞，这林涛真是为了自己，江山都不要了，刘芸也不要了，她不知道这是不是爱情，她却知道自己，永远不配有这样的真情。

她只是一个工具。

阿尾政也笑了。

一切都在他的计划之中。

26 内鬼

夜已经深了。

打烊后的阿尾政收到了一条加密信息："东西已经打印好了，随时可以交货。"

这么短的时间，他从哪里找到的工业级3D打印机？

阿尾政拿出一把枪，递给了站在一旁的彭永辉。

阿尾政道："去把东西取回来，这一次，千万不能再出问题了。枪你拿着，必要时，可以制造点动静。"

彭永辉接过枪，神情平静："是，老板。"

"彭永辉，代号'火工'，四十二岁，新加坡特种部队退役……"电脑屏幕上正在刷新情报库，彭永辉的信息被国安局通过国际协查机制，刨得底朝天。

霍敏的电话响了，盯着彭永辉的胡飞将终于有了反馈。胡飞将在电话那头道："'火工'有动静。"

"出发！"霍敏跳上指挥车，把正在睡觉的陆晨推醒，陆晨揉了揉眼睛，"怎么了？"

霍敏道："行动了。"陆晨拍了拍脸，瞬间清醒过来。指挥车内，罗珊珊正在操作电脑，切换天眼系统街头摄像头的画面。

"嘀"的一声，一个街头摄像头的画面跳了出来，是彭永辉戴着帽子的侧脸，上面显示，面部骨骼匹配度：98%。

霍敏道："如果我们是'修罗'，电子元件被拦截下来了，该怎么办？"

陆晨道："元件虽然被拦截了，可是白可青有图纸啊！"

"有详细的参数和模板，我想我会尝试3D打印。"罗珊珊沉思道。

"这种工业级的3D打印机器，这附近哪儿有？"陆晨一边驾车，一边问。

霍敏目光灼灼道："这东西不好找，据我所知就寿龙集团有！"

日本人在谈判桌上逼迫林寿龙就范，手里掌握了"蔚蓝一号"不少的秘密，林寿龙不是监守自盗，那么一定还有内鬼。

三人不说话了，这彭永辉去接头的到底是谁？

寿龙集团里的内鬼，很快就浮出水面了。

霍敏道："前面右转。"

陆晨一甩方向盘，指挥车甩尾漂移，狂奔而去。

胡飞将一路跟着彭永辉来到一处地方，抬头一看，竟是电影院。

霍敏等人此时也及时赶到，跟胡飞将会合。

“大家分别守住前后门，分头行动。”霍敏一挥手，大家开始行动。

陆晨跟胡飞将走到检票口，压低声音：“你好，我是国安的——”

检票员横了一眼：“国安的怎么了，我还上海申花的呢，踢球的也得买票。”

检票员一脸公事公办的样子。

陆晨只好头疼地出示了证件：“我们是国安局的，现在在找一个嫌疑人。”

检票员看了看证件，又看了看陆晨和胡飞将，愣住了。

陆晨拿出手机，上面是监控摄像头中彭永辉的截图照片。

检票员这才反应过来，结结巴巴地指着一个方向：“这个人……好像是刚刚……进来的，是2号厅的票。”

陆晨和胡飞将走了进去。

陆晨和胡飞将摸进2号厅，一排排地确认，没有发现。

与此同时，3号厅里，一个身着黑色套头衫的人坐下，黑暗中，有人递过来一个鞋盒子大小的东西。

借着电影银幕的光线，黑衣人摸了摸，确认后放在背包里。

这时，电影放映结束，黑衣人随着人流往外走。

2号厅里，陆晨和胡飞将面面相觑：“会不会不在这个厅里？”

胡飞将对着耳机讲道：“珊珊，我们没找着。”

指挥车里的罗珊珊立马反应过来问题所在，重新刷动视频图像，猛地看到彭永辉在画面里出现，彭永辉身穿黑衣，套着头，背着包。

“不对！这是声东击西，‘火工’已经取到东西了！”

胡飞将喊：“跑不了！我去抓他！”

电影散场了，胡飞将从人群中挤了过去。就在这时，胡飞将看到了彭永辉，彭永辉也看到了胡飞将。胡飞将对着耳机喊：“你们快过来，他就在后门！”

彭永辉见到墙上的消防警铃，一拳砸在警铃上。顿时铃声大作。他想制造混乱：“起火了！快跑！”人群乱成一团，胡飞将冲了上去，但被人群阻挡。电影院里，霍敏带着两名国安干警冲向后门。

彭永辉脱离了人群，胡飞将逆着人群紧追不舍。

胡飞将掏出枪，正想追上去，只见彭永辉也掏出枪，并打爆了一辆行驶中汽车的轮胎，汽车冲进人群，引起了更大的混乱。

彭永辉冲进小巷，胡飞将再次追了上去。罗珊珊开着指挥车过来，车已经没法继续跟进，只得急速停下。

“陆晨和珊珊一组，抓紧时间找接头的人。”霍敏喊，“我去帮飞将。”

彭永辉在街道里奔跑，胡飞将带人紧追不舍。这两人实力超群，很快就把霍敏等人甩得没影儿了。两人不知跑了多久，从电影院出来，一直跑到滨江步道。远处的高楼上，一支狙击枪直接对准胡飞将。“啪——”一颗子弹擦过胡飞将的肩膀，出现一道血痕。

彭永辉猛地翻过了步道的栏杆，他纵身一跃，借机跳江而逃。胡飞将立刻隐蔽起来，回头寻找狙击手。远处的高楼上，射击窗口却空无一人。

那是一片废弃建筑，阿尾政怀抱长枪，静静坐在地上，成功隐藏起了自己，然后换了个装，若无其事地下楼，离开了现场，“笨蛋，还要我亲自出来掩护你!”

指挥车上，罗珊珊调出监控摄像头，一名中年男子戴着黑色帽子，背着书包，通过了安检，进入了3号厅。

她立马发现了不对劲：“这是一场3D电影，这个人居然全程没戴眼镜，而且坐在视野不好的最靠边的位置。去查这个人!”

陆晨看了一下，两眼一亮。

罗珊珊调出附近的监控摄像头，发现此人跟着当时的人流跑了出去，想去打车，发现打车的人太多，最后扫码了共享单车，骑着共享单车跑了。

罗珊珊继续用天眼系统进行追踪，在隔壁街道，看到了此人骑着共享单车的身影。

陆晨一踩油门，车子冲了出去。“这人是谁?”罗珊珊立刻对他进行了人脸比对，很快获得了身份信息：“寿龙集团能源部的何亦，是个部门经理!”

“站住!”陆晨一甩车头，将对方拦下。陆晨跳下车，出示证件：“国安局，你刚才在电影院干什么?”

何亦顿时哆嗦起来：“看电影啊……”陆晨严肃道：“那你进电影院时拿的包呢?”何亦愣了一下。

“老实交代!”

何亦磕磕巴巴：“我帮人送点东西。”

陆晨问：“送的什么?”

何亦道：“我……我不知道啊！我也没看!”

“谁让你送的?”

何亦说出了一个名字，让罗珊珊和陆晨眉毛一跳。

他说：“高总……高建国。”

寿龙集团的二号人物!

二号人物涉案？这太离谱了，陆晨简直倒吸了一口冷气。

罗珊珊问：“送完东西后，你联系过高建国吗?”

何亦摇了摇头：“没来得及。”

耳机里传来了霍敏的指令：“设个局，追踪‘修罗’!”罗珊珊在指挥车上，操作电脑，进入了寿龙集团的局域网，找到了高建国的电脑。

罗珊珊冲陆晨点头道：“可以了。”

陆晨道：“打电话给高总，就说你送的货出了问题，没人来接。”

何亦迟疑了一下，掏出手机，拨通了高建国的电话。

电话那头的高建国像是正要睡，又像刚睡醒：“小何，事情办得怎么样？”

何亦道：“高……高总，我在这儿等了半天，没看到你朋友来。”

“知道了，你先回来吧！”

电话那一边的高建国愁云满脸，他放下电话，眉头紧皱，打开电脑，写信息：“接货的人怎么没来？”

高建国点击“信息加密”，信息转为一行乱码，发送了出去。

与此同时，罗珊珊在指挥车上，对高建国发出的密码进行追踪。

回到居酒屋的阿尾政收到了高建国的信息，他没有回复，只是轻蔑一笑，他随即拨通了彭永辉的电话：“东西拿到了？”

彭永辉正从江水里爬出来，刚刚上岸，上气不接下气：“到手。”

阿尾政低头删掉了高建国的信息，关上了电脑，心中暗骂：“笨蛋，这条信息肯定被国安追踪了，居酒屋这个据点，已经暴露了。”

阿尾政对彭永辉道："换地方，你别过来了，我去找你。"

另一边的高建国等了一会儿，没有回复，感觉情况有些不对劲，找了把螺丝刀，打开了硬盘盖，取出盘片，随后把盘片放在地上敲碎，然后扔进了垃圾桶里。

做完这一切，高建国如释重负。

27 失足成恨

一个月前的一个凌晨，寿龙集团的二号人物高建国失眠了。保姆在房间已然熟睡。高建国辗转难眠，走到客厅，开灯的瞬间看到阿尾政赫然坐在沙发上，高建国的两条黑色猎犬也神情紧张地匍匐在阿尾政脚边。高建国被吓得魂飞天外。

阿尾政道："高总果然谨慎。"

高建国黑着脸叫了一下自己的狗："冠军、亚军。"

阿尾政摸了一下两只狗的头，两条狗呜咽了一下，竟然没有站起来的意思。高建国对阿尾政毫无办法，哼了一声道："以后不要随随便便来我家里。"

阿尾政笑着伸出了手："'蔚蓝一号'的参数，不知高总给我准备好了吗？"

高建国颤抖着，他感觉自己的灵魂又被魔鬼扑噬。这简直是他无法摆脱的噩梦！

那是三个月前，他参加的一次国际会议。那场噩梦般的经历，每一幕他都记得异常深刻。他仿佛又回到了当时的情景。酒店门庭处，摆放了几幅国际科研会议的海报，气氛热闹。高建国的秘书向工作人员道谢，拿着房卡离开前台。秘书提醒沙发上正与其他与会外籍科学家攀谈的高建国：“高总，时间差不多了。”

高建国起身告辞，手中还拿着这次科研会议的相关资料，他受邀要去参加一个派对。经过了愉快的科研会议后，还有更为愉快的派对，这次出行也算比较完美了。在愉快的派对上，几位靓丽的外国美女轮番对高建国劝酒。几杯红酒下肚，高建国眼神逐渐迷离。

酒酣耳热之后，一个外国美女，扶着醉态百出的高建国上了电梯。

电梯门打开，外国美女将高建国带往酒店房间，高建国醉眼惺忪地打开房门，然后一把将美女推开。“走开！”他毕竟是受过多年保密教育的人，这点小把戏，难道还看不穿？真是可笑！

外国美女被高建国突然关在门外，只好悻悻地离开。高建国关上门，长出了一口气，松开自己的领带。

酒店对面的房间里，阿尾政正拿着望远镜看高建国的房间。

一个服务生打扮，看起来二十一二岁的少年正在旁边等待阿尾政发号施令。

阿尾政说道：“寿龙集团科学家的防范意识挺强啊！”

少年问：“人都被他推出去了，现在怎么办？”

阿尾政道："看来传闻应该是真的了。"

少年道："您是说……"

"高总喝了酒，口渴了，你快去送杯苏打水给他吧。"

少年明白了阿尾政的意思，点了点头。

门铃响了，高建国打开门，少年端着客房服务的托盘，站在门外。

少年一口流利的英语："先生，这是主办方让我们给您送的苏打水。"

高建国礼貌地回应："感谢。"

高建国示意服务员进房间，少年将苏打水倒进预先准备好的盛有柠檬和冰块的杯子里，然后递给高建国，高建国不设防地喝了一口，一股气涌了上来，他眼前一阵迷离。

"如果还有什么需要，您可以随时叫我。"

对于高建国来说，噩梦这才开始。

半夜，突然传来一阵粗暴的敲门声，高建国尚未清醒，随即一群外国警察破门而入。房间里，衣服散落一地。床上，高建国与少年衣不蔽体，相拥而眠。高建国百口莫辩，被警方控制起来。

很快，高建国被带走，与其他犯罪嫌疑人关押在一起，他身着前晚的西服，头发蓬乱，垂头丧气。铁栏外，一名当地警察看着手中的文件夹，用蹩脚的中文费力地念出高建国的名字："高建国，你的同伴来保释你了。"

高建国抬头，站在警察身后的，除了自己的秘书，还有笑盈盈的阿尾政。

阿尾政把高建国请到了自己的克莱斯勒汽车上，他笑着道：“您放心高总，我保证，这件事不会传到中国，更不会传到寿龙集团。”

“你明说吧，条件是什么？”

“高总，实话说，近几年正是寿龙集团新能源转型期，您作为公司里的传统能源派，势必受到了很多排挤吧？”

高建国狐疑地看了他一眼，出言打断：“一派胡言，大家在公司都是各司其职，哪有什么排挤的说法！”

阿尾政依旧满脸笑容，拿起高建国参加的科研会宣传手册。“哦，是我冒昧了。不过，我还是第一次知道，堂堂寿龙集团二号人物，还要亲自参加这种不入流的研讨会呢。”

话音刚落，手册滑落，掉在高建国脚边，高建国脸涨得通红。

“高总，您别多想，只是您也得为自己的未来多考虑考虑。您这些年对寿龙集团的贡献所有人都看在眼里，但任由寿龙再这样发展下去，以后哪里还有您的立足之地？”

“林寿龙……待我不薄。”

“小小一个寿龙，怎能束缚住高总？高总不如带着寿龙的‘工作经验’，来国外高级科研机构做个顾问，如何？”

“我是绝不会离开寿龙的，我倾注的心血不比林寿龙少半分。”

“没人说要高总走啊！”

高建国一脸疑惑，他忽然恍然大悟：“你的意思是……不，不可能，这可是背叛国家，犯法的！”

“高总怕是曲解我们的意思了，商业运作无关政治。高总尽管提，酬劳不是问题。”

“先生的好意我心领了，保释一事，回国后我会另外表达谢意，我看今天的谈话到此为止吧，我不会将此事告诉别人。”

高建国说着，拉开车门把手。

阿尾政的语气一下冷下来：“高总能保证不说，我可不敢保证，明天中国新闻的头条，会不会出现您的兴趣爱好？”

高建国停住推门动作，一脸愠怒。

阿尾政笑着看他，他知道高建国此时的反应再正常不过，被强力策反的人，十有八九，都是这个反应。

他知道高建国已经被他拖进了修罗地狱。

高建国泥足深陷，最终酿成大错。

高建国的思绪回到了现实之中。

他已经毁灭掉电脑里的所有证据，准备出逃。可是他不知道的是，他那条发送出去的信息，已经中了霍敏与罗珊珊的追踪之计。他的办公室门突然被打开，霍敏和胡飞将站在了门口，胡飞将出示证件：“高副总，我们是国安局的，麻烦你跟我们走一趟。”高建国闭上眼，嘴唇微微颤动。

霍敏一行把高建国带到了审讯室，高建国坐在智能审讯桌前，神情镇定。

高建国率先开口了：“你们把我带到这儿来干什么？”

霍敏一笑：“你自己不清楚吗？”

“我每天要处理很多事情，寿龙集团现在内忧外患，你们这样扣住我，是在浪费时间！”

霍敏道：“听起来你很关心寿龙集团。”

“把我关在这儿就是来问我这些废话？”

霍敏拿出一沓照片，挨个展示给高建国。

照片内容是刚刚成立的寿龙集团，年轻时的高建国和林寿龙在破旧的厂房前合影。

高建国神色微微变了，霍敏接着道：“我叫你一声高副总，是看在你这些年为国家经济建设和科技研发做出的贡献，但是你还记得是怎么从当初的破厂房一步一步走过来的吗？”

高建国看着年轻时的自己和林寿龙，神情复杂。

“国安机关办案，从来重证据，轻口供，我们不是必须要你说，我甚至不需要你吐半个字，铁证如山，你向境外传递过些什么，你自己心里清楚！让你交代，只是给你一个机会！一开始在寿龙打拼的这批人里，不是每个人都能过上锦衣玉食的生活！你本应该心怀感恩，可是你太贪心了！”

霍敏把一份纸质文件，重重摆在高建国面前：“我们在你办公室的垃圾桶里找到了硬盘碎片，通过技术手段恢复之后，发现了你向境外发送的密文。你知不知道，这些东西几乎可以把寿龙集团整个毁掉?!”

高建国情绪逐渐崩溃：“我不知道……怎么会……毁掉寿龙?”

霍敏道：“我给你一分钟，把你知道的告诉我们，否则，就像刚刚说的，你就再也不用说半个字了!”

高建国惶恐而绝望地瘫在椅子上。

高建国沮丧道：“虽然我有预感也许会有这么一天，但没想到来得这么快。”

审讯室外的监控室，陆晨问罗珊珊：“技术部门现在都这么厉害了？刚拿到的硬盘就恢复了。”

罗珊珊道：“你傻呀，敏哥诈他的，硬盘都碎成那样了，你就是拿胶粘起来都没这么快。”

霍敏接着审：“你们是怎么接上线的?”

“三个月前，我到国外交流参加一个科研会议，‘修罗’以能源专家的名义接近我，安排了人手……到我房间里来，第二天当地警方突然破门而入，我就被控制起来了。”

“可这顶多也就是一个作风问题，怎么会威胁你到现在?”

高建国有些吞吞吐吐起来：“他安排的人，是一个男孩……”

在监控室的陆晨和罗珊珊惊诧地对视一眼。

高建国道："等到我惊觉这是圈套时，已经晚了。'修罗'不停地刺激我，说现在寿龙集团新能源转型，我这样的传统能源派会受到排挤，他的目的是阻止'蔚蓝一号'，这一点也跟我不谋而合。寿龙集团的根本在传统石化能源，舍本逐末去弄什么新能源计划，这必然会弄垮集团。我作为公司元老之一，不忍心看着自己辛辛苦苦打下的基业毁于一旦，也就半推半就答应了他们。"

霍敏问："你都给'修罗'做过什么？"

高建国痛苦地闭上眼："中日谈判的底牌是我给的，我把'中晶基地'的结构图给了他们，最后帮他们用3D打印做了一个零部件。"

"中晶"是能量调节芯片，也是"蔚蓝一号"的核心技术，它的研发生产基地是密中之密。

胡飞将眉毛一挑，他看霍敏也是一脸忧虑，徐博士曾说过，敌人是在组装一种特殊武器。

霍敏问："3D打印的资料你有吗？"

"电脑里的都删干净了，寿龙的工业级3D打印机上应该还有记录。"

霍敏打开麦克风："珊珊，马上叫技术部门把3D资料找出来发给技术科徐博士。"

很快，技术科徐博士回复："现在所有元件的图像终于齐了，我们研究了一下，把这些零件组装在一起，应该是一种特种脉冲弹，爆炸的威力不小。”霍敏等人心里一紧，敌人搞到了中晶基地的结构图，这是要干什么？

这还用问！

霍敏一拍桌子：“你知道这么做的后果吗？”

高建国已经哽咽：“我不敢想。一开始，我说服自己，这是为了集团好，后来越陷越深，回不了头了。”

高建国悔恨地叹了口气。

霍敏看着他，真是一步错，步步错！

霍敏目光如炬，问道：“如果给你一个机会，你愿意赎罪吗？”

28 危机

郊外一处废弃的屋子里，阿尾政正在忙活。

身后的彭永辉实在坐不住了，正想说些什么，阿尾政突然把食指放在嘴唇上：“嘘!”

仿佛怕惊醒什么猛兽一般。

“拿来。”阿尾政道，“我们开始吧。”

彭永辉轻轻地揭开了灰布，在他眼前是一个组装好的半成品设备。他在桌上组装好最后一个电子元件，按下一个按钮，一排绿灯就亮了起来。整个物件竟然是一个炸弹。

彭永辉道：“老板，测试成功。”

阿尾政点了点头，露出了满意的笑容：“这是我们要送给‘蔚蓝一号’的礼物。”

彭永辉道：“什么时候行动?”

阿尾政有些痴迷地看着窗外的黑夜，说道：“这世界上，除了太阳，唯一不能直视的，就是人心。为了联盟的利益，我们将去拥抱明早的太阳。”

锦城的太阳终于升起，城市开始热闹起来。

寿龙集团里，所有的董事和股东都齐聚顶层会议室。

会议室的门打开，林涛一身正装走了进来，他的身后跟着白可青。

林涛不顾众人反对，宣布林寿龙进入长期治疗，他要求接收关于中晶基地的所有权限。

高建国不在了，带头反对的人也没有了。

林涛手段狠辣，下面的人谁还敢顶撞他?

技术人员进入会议室，开始采集林涛的面部信息，用于替换林寿龙的数据，开启中晶基地的最高权限。

这就意味着整个寿龙集团只有当林涛亲自到场，用他的面部信息和技术人员的授权卡，才能拿到核心机房的所有数据。

白可青笑了，涉密最深的中晶芯片终于还是落入了林涛手中。

林涛的面部识别完成，技术人员开始收拾仪器。

林涛发出了第二个指令："马上准备一下，我和白顾问要去趟中晶基地，在下一次谈判之前，我要深度了解更多关于'蔚蓝一号'的情况。"

众股东都表现出了担忧，而林涛一派的马仔们无不欢欣鼓舞。

一人得道，鸡犬升天的道理，真是无处不在。

霍敏和罗珊珊正带着人赶去中晶基地。

他二人独自驾车在前。

罗珊珊连续工作了几个晚上，精神有些不振，在车上眯了一会儿。霍敏一路没有说话。

罗珊珊突然问："你在担心刘芸？"

霍敏点头道："是。"

"什么都瞒不过我。"

"真是什么都瞒不过你。"

罗珊珊微微笑道："我们马上就要和敌人大决战了吧？"

霍敏道："是的。"

"那你就更要打起精神来，找到了林涛，就能找到刘芸！敏哥，我挺羡慕刘芸的……"罗珊珊莫名其妙地说出这样的话来。

霍敏一愣："这话从何说起？"

"她在你最无忧无虑的时光里，一直陪着你。而我陪着你的时候，不是打打杀杀，就是疲于奔命……她的世界那么单纯，而我的世界总是面对罪犯和阴暗……"罗珊珊淡淡一笑，"我多希望，能像她一样，而不是像现在这样。"

霍敏问："那你为什么要选择这一行？"

罗珊珊托着头："可能是因为有些事，总是需要有人去做吧。你不也是一样，做着你的英雄梦！"

霍敏心中一暖，眼前的女孩儿，真是充满光辉。

他紧紧握住了罗珊珊的手，他忽然觉得内心深处的所有误解、不堪都被罗珊珊的爱和真诚化解了。这个世界上，还有什么比志同道合、彼此理解、彼此信任更珍贵的？

“现在也挺好的。”罗珊珊笑道，“有你在！”

城市向北，那里是一片新兴工业区域，隐秘的寿龙集团中晶基地，就隐藏在众多寿龙集团的厂房之间。

林涛带着白可青来到中晶基地，看着中晶基地的大门，心里有些说不出的志得意满。他二人率众往里走，通过了安检。

林涛和白可青戴上帽子、穿上鞋套，在身上罩了件工作防尘服，进了除尘鼓风室。

此时，所有人都聚到了这个小小的中晶基地。

在基地旁边的一条污水道里，阿尾政穿着防水服，和彭永辉正在潜入，他手持平板电脑，上面是高建国提供给他的基地结构图。

阿尾政弓背行走在前，彭永辉带着几个手下紧跟其后。众人在污水管道里艰难地逆向行走。平板电脑画面上管网交错，众人的红点在画面里闪动。

当屏幕上显示基地位置和众人位置重合时，彭永辉望了望阿尾政，阿尾政示意动手。

彭永辉上前两步，从包里取出一个静音破墙装备。随着静音破墙装备开始工作，中晶基地的一个仪器墙板开始有些松动，然后墙板快速掉落，露出一个黑色的深邃管道洞口。

一根磁力吸头绳索从管道洞口飞速打出，稳稳吸住正在落地的墙板。墙板悬在空中，没有发出声响。

阿尾政带着身着黑衣的彭永辉等人从管道洞口快速潜入基地。他们在一处红外线密布的门禁前停步，门禁需要图纸上的破解方案。

阿尾政依照结构图纸，快速破解门禁，继续向前。

他们要执行的“湮灭计划”，就是在白可青盗取数据得手之后，再将中晶的数据全部毁去，重创中国的新能源科技进程。

林涛和白可青通过除尘鼓风室之后，走进了中晶研发基地。眼前的场景让林涛大为惊叹，全自动的机械手臂正在芯片上写入电路。后面是数据交互中心，一整排的主机矩阵。

工程师指着芯片：“林总，这就是中晶芯片，目前已经完成了实验室测试，正在尝试小规模量产。”

林涛走过去，俯身看了看：“这就是被业内称为核聚能源小太阳的中晶芯片？”

工程师道：“是的，中晶芯片是‘蔚蓝一号’的核心技术，能调节清洁能源的聚变生产、转换和储存，一定程度上，还可以降低传统能源使用机械的能耗，‘蔚蓝一号’的推广，将大幅改善环境质量，当然，这些都还处于高度保密的阶段。”

林涛听得一知半解，频频点头。白可青一边听工程师讲解，一边四处观察，望了望周围的摄像头。

她在等待的，自然是阿尾政等人的行动。

此刻的阿尾政等人正按照结构图逐步往基地最深处走。突然，阿尾政的脚触发了红外线报警。

一时警笛大作，众人仓皇张望。

阿尾政惊讶地对照手上的结构图，一时疑惑不解！

基地四面八方的电动门同时打开，一群国安干警冲了出来，当先的是霍敏和胡飞将。

“阿尾政、彭永辉，你们涉嫌在中华人民共和国境内从事危害中国国家安全的犯罪活动，现在依法对你们采取限制！”

阿尾政终于发现了问题所在：“高建国的问题！”

霍敏正色道：“中晶基地的所有防控都是高建国的部门在负责，他知道给你的路线图里，哪些地方有警报，哪些地方没有。他戴罪立功，已经针对你手里的地图，调整了警哨位置，你不管怎么走，都是包围圈！”

彭永辉率众手下掏出了枪，大喊：“都别动，要死一起死！”

既然跑不了，那就只能拼了！

而另一边，林涛和白可青一路走到控制中心，计算机矩阵就在他二人面前。

工程师继续讲解：“这里就是我们中晶芯片的数据处理中心

了，所有‘蔚蓝一号’的资料都存放在里面。保密等级最高……”

林涛彬彬有礼道：“带我们进去看看吧。”

突然，警报响起。

安保部负责人冲了进来：“不好了，有人潜入地下基地 E 区，触发红外警报！”

林涛听到消息，下意识地护住白可青。白可青看到林涛的举动，有些动容，但很快回过神来，她知道阿尾政开始行动了，得赶紧抓住时机！白可青出手了，她快速劈倒了面前的三人，林涛还来不及反应，就被她的手刀打倒。

白可青跑上前，在电脑主控机上插上了防火墙破解和无线窃密传输器。主机防火墙被很快破解，“蔚蓝一号”的核心数据很快就通过无线窃密传输器，传了出去。

离中晶基地不远的地方，停着一辆经过改装的小货车，里面摆了好几台外星人电脑和一些生活用品。车上的黑客在电脑上输入一串指令，屏幕显示：防火墙已破解，数据开始传输，数字快速跳动，剩余时间：15 分钟。

国安局的指挥车上，电脑跳出了一个定位点，技术组的干警喊：“珊珊姐，有人使用无线窃密！”

罗珊珊抓起耳机，指挥道：“反向追踪，锁定来源。”

很快，电脑锁定了正在接收白可青数据的小货车。

陆晨的耳机里响起了罗珊珊的声音：“陆晨，你带一小组进行抓捕。”

“是!”陆晨心中想，这罗珊珊不愧是顶级黑客。

罗珊珊心中着急，霍敏的通信信号已经没有回音了，也不知道他和胡飞将拦截阿尾政，到底有没有危险。

此刻的霍敏正在跟敌人进行缠斗，一片混战。

由于地域狭小，都不敢开枪，以防跳弹误伤，瞬间变成一场激烈的肉搏战。混乱中，阿尾政捡起一个灭火器，朝着霍敏背部砸去。霍敏一个踉跄，彭永辉拿起枪就朝霍敏打去。胡飞将扑至，救下霍敏，双方再度展开混战。

胡飞将和彭永辉在巷道里激战，打作一团。阿尾政见情况不对，连忙趁机猫着腰往基地里冲去。霍敏一瘸一拐地跟了上去，追击阿尾政，却被一处自动关闭的门禁挡住。

坏了，阿尾政跟丢了。

国安干警陆续围上了彭永辉。彭永辉发现胡飞将和其他国安人员形成了小包围圈，手枪换到左手，准备再次开枪。胡飞将快速躲避，找准射击角度，抬手一枪，打飞了彭永辉手里的枪。他扑了过去，抢夺彭永辉的背包。

胡飞将一个飞身，双腿夹住了彭永辉的脖子，再一扭腰部，一个大回环，把彭永辉甩在地上，一把摁住!

国安干警冲了过来，拿起彭永辉的背包一看，里面的炸弹只是个空壳。

胡飞将蒙了：“老霍，‘火工’抓住了，没有发现炸弹!”

29 最后一战

改装的小货车内，黑客正在紧张地盯着电脑，进度条即将完成，还剩：3分钟。

电话响了，黑客接电话。

白可青问道："下载完了？"

黑客向她报告："还剩3分钟！"

白可青道："快！形势不对，下载完了立刻离开！"

"是！白姐，等你一起走！"

电话那头的白可青沉默了一下，一字字道："潘家明的仇，还没报！"

就在这时，改装车的司机瞄到后视镜，陆晨的车冲他而来。司机一拉挡位："有人追过来了，坐好！"司机挂挡，车子急速向前。

陆晨见状，立刻挂挡提速，直追而去。

背着炸弹的阿尾政已经钻入基地深处，基地的门禁开合非常复杂。

霍敏立刻明白他的用意："炸弹在阿尾政身上！他是要冲

进控制中心！”

胡飞将大惊：“不妙，基地门禁开合非常复杂，不利于追击。”

霍敏道：“别急，结构图我也看过！”

霍敏闭上眼睛，调出自己的记忆，眼前闪过结构图纸。“跟我来，他将在穿过三个门禁后，在右拐门禁处被拦下来，门禁开合验证需要10秒钟，我们可以抓住他！”

霍敏和胡飞将在基地里飞奔，快速躲过门禁机关。

“阿尾政，不许动！”霍敏扑了上去，果然在右拐门禁处追上了阿尾政。

二人拉住了阿尾政的背包。阿尾政反身一脚，踹飞了霍敏，霍敏不肯松手，背包被拉到了他的手中。

霍敏捂着肚子，忍着剧痛，打开背包一看，确定是那枚脉冲炸弹。他爬起来，撒腿就往外跑。阿尾政擦了擦嘴角的血，在被胡飞将控制住的一瞬间，按下了手中遥控器的按钮。

阿尾政歇斯底里地喊：“没用的！”“嘀嘀嘀”的倒计时声音响起。

霍敏带着背包拼命向外跑，他从基地内跑出，跑上实验室外高层平台，阳光照得他睁不开眼。

基地工作人员此刻正聚集在那里，场面混乱。

霍敏拼命往外跑，“嘀嘀嘀”的声音更加急了。

被胡飞将死死压住的阿尾政，看着霍敏拼命奔跑的背影，狰狞大笑："白痴！这是脉冲弹，你以为这是阮锋那种傻瓜做的土货吗？"

电磁脉冲炸弹，对人体的伤害不大，但是能摧毁爆炸半径以内所有的电子设备。也就是说，霍敏必须将它带出一定范围，才能保护"蔚蓝一号"基地里的所有电子数据！和脉冲波赛跑，这几乎是不可能完成的任务。

阿尾政看着霍敏慌乱的背影大笑起来："最后一战，结束了！'修罗'万岁！"

霍敏提一口气，长啸着在宽阔平台奔跑，他要赌一把！罗珊珊担心他的安危，不顾众人劝阻，正面迎了上来："快！出动排爆部队！"

其他国安干警把阿尾政控制住，胡飞将追了出来，从地上捡起一个防爆桶，踢了过去。

胡飞将喊："用这个！"

霍敏一跃而起，把炸弹放入桶中。"趴下！有炸弹！"

罗珊珊上前帮助霍敏推动防爆桶快速移动，两人在最后一刻，已然心意相通，一起抱着防爆桶，从实验室高楼平台跃出，掉进基地里的巨型罐装水箱。

炸弹在水底释放。霍敏在爆炸的瞬间将罗珊珊拉住，一把护在怀中。在这一瞬间，只觉得听觉、视觉被放大，剧烈的耳鸣让整个世界变得无比安静。

基地旁的马路上，红灯绿灯全部爆碎。路边行驶的车，忽然电子仪表盘乱晃，汽车失控，一头扎在路边。正在路边拍照的路人，发现手机画面一闪，黑屏了，人被冲击波掀翻。

冲击波袭来，中晶基地的灯也爆碎，机房电脑的指示灯一排排熄灭，有的甚至爆裂冒烟！

载着黑客的司机开着改装的小货车，在车流中穿行，陆晨在后面紧追不舍。爆炸波冲击而来，震碎了后面的玻璃，司机拼命往前冲。

冲击波的范围不断扩大，改装小货车刚好在冲击波的范围之外。

黑客紧张地看着自己的电脑，屏幕上闪屏错位，眨眼间又恢复正常，改装小货车飞了出去。

陆晨的车却被爆炸波及，闪了几下之后，彻底熄火。陆晨看着消失的改装小货车，愤怒地砸了一下方向盘。就差那么一点，就能跑出脉冲波范畴！

另一边，中晶基地实验室平台的爆炸现场一片狼藉，远处警车上的警灯已经爆碎。霍敏跟罗珊珊从水里爬出来。霍敏捡起掉在一边的手机，按了一下开关，毫无反应。这电磁脉冲波可真够神奇的！胡飞将带着国安干警押着彭永辉和阿尾政正朝他们过来。

霍敏喊道："把人先带走，封锁基地所有出入口，通知相关部门，在各个路口进行排查，一旦发现可疑人员，直接扣下，珊珊，我们去检查中晶芯片的情况！"

30 以命搏命

霍敏和罗珊珊冲进了中晶芯片的控制中心，林涛已经不见踪影，控制中心的主机矩阵一片狼藉。

突然，霍敏听见黑暗中一声类似金属的轻响。

这个响声他再熟悉不过，是手枪上膛的声音。

响声有点闷，混合了木质的感觉，枪膛拉动声音极短，并且持枪人有意控制了声音。

突然，控制中心四面八方的玻璃门快速落下，并迅速全部反锁，将二人所在的房间锁成了密室。

“敏哥，怎么办?”罗珊珊紧张起来。

“这支枪的声音，我听过，和潘家明那支一样。”那支差点要了罗珊珊性命的象牙手枪。

霍敏已经凭着这一声上膛的轻响，分辨出了枪支的种类。“这种枪，只有两枚子弹，这种枪本身也很罕见。”

“哎哟，白可青是设计好的!”霍敏脑子转得飞快，白可青根本没逃走，她故意引他们进到这里，关上了门禁。

角落后面的黑色玻璃门关着，白可青站在玻璃门后面，玻璃门不透光。

她深吸了一口气，莫名地兴奋，她看着玻璃门内被困住的霍敏，这就是追捕潘家明并造成他死亡的那个年轻人霍敏。

她具有超强的分析能力，她自然也看透了霍敏的性格，他不会就这样放弃，他一定会抓着线索不放。想充当孤胆英雄，就要付出代价！

最熟悉自己的，往往是最可怕的敌人。

如果“夜叉”潘家明擅演，擅伪装，那么“九尾”则擅谋，擅攻心。

霍敏和罗珊珊走不了了，这个房间，根本就是一个局。

既然狭路相逢，大家都是职业特工，那就不用躲了，谁胜了谁活！

此刻，空气变得很沉很静。霍敏和罗姗姗二人竭力屏住呼吸，要知道，对方都是经过专业训练的，隔着门也能感知他们的状况、情绪，一旦开门，就是一场恶战。

霍敏知道，现在等的就是耐力，谁先急躁，谁就要处于下风。他已经听出了对手的手枪类型。使用这种手枪的人，一定非常谨慎，这种谨慎的人，一出手，必然十分危险。

霍敏忽然一阵担心，他怕一会儿打起来，伤到罗珊珊。

他关心则乱，呼吸节奏随之变化。

敌人已经捕捉到了他的变化。

突然一声响，白可青破门而入，她的面容冷得像霜，眼神锋利如刀。

这女特工，有多重性格和面孔，时而千娇百媚，时而青春如火，时而毒如蛇蝎。

霍敏大骇，他从她冲进来的动作，就知道她的身手段位。

她几乎没有抬眼，就已经确定了霍敏适才所站的方位，她抬手就是一枪："啪——"

霍敏不及细想，几乎就在同时，弓腰躲入铁柜之侧，即便如此，子弹还是擦过他的右臂，真是钻心之痛。

白可青根本没有给他喘息的时间，她像鬼魅一样快速移动，寻找射击方位。

"别动！"罗珊珊举枪对准白可青，白可青头也不回，回手一枪。

"啪——"又一声枪响，象牙枪子弹直直击落罗珊珊的枪。

白可青出手太快太准，她回过头来，看着罗珊珊："我要你看着他死。"

她的面容，让人不寒而栗。潘家明临死发回给她的视频里，若不是罗珊珊替霍敏挡了那一发子弹，潘家明本来是可以干掉霍敏的。她要让罗珊珊承受和她一样的绝望与伤心。

白可青扑向了霍敏，她手中红光点点，不知何物。霍敏向后一退，她却像蛇一般追了上来，她出手极快，已经拍至霍敏面门，霍敏来不及细想，伸手格挡，他只觉手上一软，像是触碰到什么膏状之物，随即手心剧痛，才发现掌心已经被割破。

他定睛一看，白可青手上拿着的，竟然是一支绛红色口红，二人击掌之下，口红膏体褪去，露出一截闪着寒光的利刃。

白可青那凄冷的面容之上，正是涂了这种颜色的口红，此时看上去，尤为可怖。

白可青又攻了过来，小小兵器，在她手中任意挥洒，快如闪电，霍敏根本反应不及，他脑中一片空白，手忙脚乱。

之前胡飞将打败的“大蛇”车田浩二，人称“神之手速”，他跟白可青一比，简直是慢动作。

白可青狂风暴雨般地出手，霍敏被压得一口气提不上来，接连中招，身上被划破数处。

罗珊珊冲了过来，她必须给霍敏争取一个还手的机会。“要是胡飞将在这里就好了，他一定有办法对付她。”罗珊珊心想。

罗珊珊奔至面前，正要出手，却只觉寒光一闪，那枚藏有锋刃的口红已经刺到她的脸上。

“画个花脸，看看你的心上人还喜不喜欢你！”

“不要！”霍敏大惊。他扑了上前，伸手去拽住白可青。

“啊——”罗珊珊捂着脸向后仰倒，脸上已经受伤，幸得霍敏反应及时，拖住白可青使她缓了一缓，否则那枚锋刃已经从罗珊珊头上穿过。

白可青回手再来对付霍敏，霍敏借着罗珊珊争取来的一瞬空隙，已经拉近和白可青的距离，只要近身缠斗，她再快的出手，也要大打折扣。

霍敏心里明白，白可青纵跃飞刺，需要一定距离加速，要想活命，必须与她抢攻。霍敏展开各路拳脚，扑了上去。白可青自然也看穿霍敏的心思，她向后一退，腾出距离，复又攻上，一击得手，便又退后两步。这么往复下去，霍敏非失血过多而死不可。

霍敏长吸一口气，他知道这是他入行以来遇到的最硬的一场仗，他将特种训练里的各路招式在脑中想了一遍：如果是胡飞将，他会怎么做？以己之长克敌之短！

他一挥手，抽出一根束缚带，缠住白可青右手。白可青不料有此变化，她急忙后退，霍敏当机立断，将束缚带另一头扣在自己手上，二人距离迅速被拉近，几乎贴近对方的面部，白可青快若闪电的纵跃飞刺顿时打了折扣，霍敏在特种作战训练中习得的近身擒拿却威力倍增。

“好狡猾！”局势骤变，白可青急于解开束缚，霍敏却一味抢攻，索性趁机将二人右手绑缚在一起，二人你来我往，缠斗一处。

罗珊珊坐起身来，她看得明白，霍敏不过争得一时之利，而他先前已经被白可青刺伤多处，随着失血带走他的体力，白可青自然能挣脱绑缚。她一旦拉开两步以上的距离，就可以以手中的锋刃，再次闪电般地冲刺纵跃，取霍敏性命。

近身搏斗，最是凶险，谁要分神，必被对手一招制伏。

罗珊珊大喊："喂，你是不是要给潘家明报仇?"

白可青与霍敏二人皆不理会她。罗珊珊又喊："那个小白脸潘家明，明明是阮锋杀的，你有本事找你们头目去啊!"

"你要不要脸，勾引孙德志，勾引林涛，还装什么纯情，我要是潘家明，我也不会看上你。"她口齿伶俐，接着又道，"潘家明根本就不爱你！他爱的是袁——晓——燕!"

白可青面部剧烈抽动："胡说八道!"她手上稍缓，霍敏一招占了上风。

罗珊珊又喊："你以为潘家明不知道你是什么货色吗？袁晓燕就不一样了，论相貌，论学历，论家世，哪一样不比你强！潘家明临死的时候说了，他爱的是袁晓燕!"

"袁晓燕！袁晓燕！袁晓燕!"她接连大喊。

"我已经毁了她！住嘴!"白可青怒不可遏。她情绪激动，分了心神，霍敏已经稳稳占住上风。

一直以来，白可青对自己说，自己和潘家明一样，只是工具，工具不能有感情，可是人的情感，是很玄妙的东西，越压抑，就越澎湃。她被压抑得已经畸形，她必须发泄，她利用告密毁了袁晓燕，可是潘家明也因此和她渐行渐远，这一直是她的心病。

聪明机智的罗珊珊抓住了这一点："九尾"你不是擅长攻心吗？来和本姑娘试一试!

“就算你毁了她，潘家明也还是爱她！威胁袁天任的那天晚上，你们绑走袁晓燕，潘家明根本舍不得用绳子绑她，他是那样心疼她，你根本就不知道！潘家明活着，只爱过袁晓燕，他死了心里也只有这一个名字——袁晓燕！”

“袁晓燕！”罗珊珊不停在喊她的名字，她说的是事实。

白可青愤怒到了极点：“去死！”她使出全身力量，扑了过去，霍敏大喝一声，一掌跟了上去。

白可青不顾不理，只听一声闷响，霍敏一掌之威，白可青左肩脱臼。

白可青不顾伤痛，身至半空，将霍敏带得飞起，她发力一掷，口红锋刃脱手而出，射向罗珊珊，势要将罗珊珊立毙当场。

“啊！”霍敏吓得魂飞天外，他纵身一扑，此刻深觉罗珊珊比他自己的性命还重要。

他只有一个机会打败杀手白可青，也只有一个机会救下罗珊珊。

他作出了选择。

他甩出了手中的束缚带，堪堪将口红锋刃打落。

束缚一解，白可青身得自由，右手一翻，匕首一亮，如闪电刺中霍敏。

罗珊珊扑了过来，白可青挥手掷出一物，打中罗珊珊膝盖，罗珊珊倒地。

白可青额头青筋暴起，她用力旋转刀柄，霍敏痛得汗如泉涌。

“来啊，伶牙俐齿，我让你眼睁睁看他为你而死。”白可青狞笑起来，她那绝色的面容恐怖至极。

“不要……”罗珊珊大哭了起来，“不要伤他。”

她扑了过去，踢打白可青。

“滚——”白可青不知用了什么手法，将罗珊珊摔了出去，她掐住霍敏脖子，继续折磨霍敏。

霍敏痛得几乎要失去知觉，人们说，当生命走到尽头，会想起一生中最深刻的场景。

“你愿意将你的青春，你的热血，甚至你的生命，献给这伟大的事业吗?”他记起了救命恩人罗法刚的英雄形象，他记起了当年的宣誓台，他记起了当时罗珊珊看他的眼神，他记起了李正阳的话：“这个国家总有人要挺它吧，我这样的人，或许有天也能被人叫一声英雄，这种感觉，想想就过瘾!”

“手下败将！抱着你的英雄梦去死吧!”白可青狠狠说道，她用力将匕首从霍敏身上抽出，高高举起，对准他的喉咙。

霍敏大喝一声：“笨蛋！为什么而战，你们怎么会懂?”

他不知道从哪里来的力气，架住了白可青的双手，向左一带，白可青因左肩脱臼，失去平衡。

这一招，正是胡飞将闲暇之时，教给霍敏的空手夺白刃的功夫！霍敏猛地夺过匕首，反手刺中了白可青的下肋。

他双掌一推，将白可青推了出去，白可青眼里充满着讶异，她哼了两声，逐渐失去意识。

霍敏瘫倒在地，已经脱力，颤声道："快……珊珊，铐上她。"

罗珊珊慌忙上前，将白可青铐住。

终于结束了，这一场血战，已经说不清谁是猎人，谁是猎物，战胜的战败的，都倒下了。

霍敏忍着痛，朗声道："白可青女士，你涉嫌在我中华人民共和国境内从事犯罪活动，我现在依法对你进行处置。中国的主权与国家利益，绝对不容侵犯！"

罗珊珊跑了过去，惊魂未定，在血泊之中抱住霍敏，大哭起来。

隔了好久，二人才平复好情绪。

霍敏关心地问："你脸怎么样了啊？"

罗珊珊面颊被割伤，正痛得厉害。

"我看一下。"

罗珊珊侧过脸去，伤口甚深，只怕要留下疤痕。

霍敏道："坏了坏了，我该如何补偿你才好。"

"念二十遍'罗珊珊比刘芸漂亮！'"

霍敏叹口气："只怕以后要每天都念才好……"

罗珊珊噙着泪花，把霍敏抱住："说好了每天念，少了一天，我就让你跪键盘！"

31 小舟从此逝

危机还没有解除，被白可青传输出去的“蔚蓝一号”数据，还在那台黑客驾驶的货车上。

白可青孤身留下，除了抱着必死的决心为潘家明复仇之外，还为了给传递“蔚蓝一号”数据的黑客争取时间。

脉冲炸弹破坏了附近所有的电子设备，周围汽车的电子系统也都毁了。陆晨的车恰恰在脉冲波的范围内，而黑客的车辆已经冲出了脉冲波的圈子。

陆晨从车上跳下来，举目四望，周围的车都停在原地，发动不了了。他远远地看见一辆小破车慢慢悠悠地从对面车道开来，他冲了过去，出示证件：“国安局的，征用一下你的车。”

女司机有些慌张：“我第一次看见活的国安……只是我这车……正要开去修呢。”

陆晨实在没有更多的时间听她解释：“抱歉。”语毕就把女司机拉了下来。

陆晨一脚油门，小破车一个漂移甩了出去，结果甩过度了，眼看着小破车要翻车，陆晨利用体重，重新稳住了小破车，直奔远处而去。

站在路边的女司机看得一脸蒙：“我去，这还是我的车吗？”

小破车在街道上飞奔，见缝插针，陆晨再次追上了黑客的改装货车。货车司机一踩油门，越过前方的障碍物，冲了过去！小破车一个急转弯，弯道超车，赶上了改装货车。

货车司机眼见逃走无望，一别方向盘，撞向小破车。小破车被撞，整个车都飞了起来，好在陆晨体重超标，压住了小破车，稳稳地落地。

前方正在修路，陆晨一打方向盘，一个漂移，想从两个障碍物中间穿过去，两个障碍物中间连着铁线，小破车被铁线卡住。

两个障碍物合在一起，改装货车避之不及，整个车被带翻。

陆晨挣扎着从小破车上下来，掏出枪，冲向改装货车。

司机和黑客在车内，摔得满脸是血，晕了过去。

陆晨进入改装货车内，打开电脑，检查了一下中晶芯片的数据，追回来了，终于追回来了！

陆晨欢欣鼓舞，对着耳机喊：“你们看吧，还是胖子拯救世界！”

指挥车刚刚恢复了通信，众人听见陆晨的欢呼声，都喜极而泣！

经过工程师的紧急抢修和检查，脉冲炸弹并没有清洗掉“蔚蓝一号”最重要的数据库，幸好霍敏将炸弹推出了一定距离，否则后果不堪设想。

霍敏和罗珊珊，险死还生，在救护车上沉沉睡去。

二人醒来时，已经身在医院，外面天色已是晚上。

霍敏的手机响了，他接了起来，脸色就变了，他最担心的事，还是发生了。

电话那头是林涛的声音：“不想刘芸死的话，来见我。”

霍敏愤怒地说道：“林涛，你是不是疯了?!”

林涛在手机那头阴笑：“武都地铁站 A 口向南 500 米，有一台黑色沃尔沃，上车。只准一个人来。”

电话里的林涛精神仿佛有些不正常，像是嗑了药。

在中晶基地受到惊吓的林涛，在保镖的护送下，从后门仓皇逃离，他顾不得任何人，躲回了自己的家中，当他开门的一刹那，他看见了正在收拾东西的妻子刘芸。刘芸不过了，她要离开林涛!

林涛药性上了头，将刘芸打晕，他摸着自己的脑袋，远望正处在激战中的中晶基地。从白可青打晕他开始，他就明白了一切，可是那又怎样？他知道白可青骗了他，可是他却一点都不怪她。

要怪就怪那个叫霍敏的小子！他毁了自己的所有，他还抓了白可青!

林涛拿起刘芸的手机，给霍敏拨出了电话。“拿白可青来换刘芸!”

李正阳给出了指示，林涛涉嫌重大犯罪，必须尽快消除危害；刘芸属于无辜群众，人民的生命高于一切。

救前女友这事，霍敏不知道该怎么向罗珊珊开口，他想了半天，握住她的手，最终说出一句废话：“请你一定要放心。”

罗珊珊看着霍敏，她的眼睛很美很好看：“我和你一起去!”

“嗯，我们一起去，一起回来!”

霍敏按照要求上了林涛的车，罗珊珊带众人跟了上去。

黑色的沃尔沃轿车载着霍敏，行驶上一条偏僻的路线，其间有意甩掉罗珊珊带的车辆。

车辆行驶到一处大楼，钻进地下停车场，司机礼貌地给霍敏开门，把他请上了电梯。

从大楼的观光电梯缓缓而上，面前是工业园区的繁荣景象，寿龙集团作为西川省首富，像是一个庞大的经济帝国。

霍敏从没想过会在这种条件下与林涛见面。

林涛坐在一张大大的餐桌面前，餐桌上摆满丰盛的食物，他一口都没有吃，在他的面前是一个精致的玻璃烧杯，烧杯嘴上连接着一指宽厚的玻璃管，玻璃管盘绕着烧杯，端口是一个吸嘴。

林涛长吸了一口毒品，露出了迷醉的表情。

霍敏来到门口的时候，看见列队的黑衣保镖，他经过了层层安检，才得以进去。

霍敏径直走了过去，大咧咧地坐下，拿起餐具就开始大快朵颐，他很长时间没有进食了。餐桌上摆着烤鸡、肘子、火腿……霍敏毫不客气，开始大口吃肉，还挥手让林涛的随从给自己倒了一杯红酒。他吃得酣畅淋漓，让人看了都有食欲。

“真是太没礼貌了。”林涛正在吞云吐雾。

“不好意思，我饿了。一直忙着收拾你们，连饭都忘吃了。”霍敏边咀嚼，边回答他。

“真是太辛苦了，都怪我。”林涛笑道。

霍敏道：“嗯，以后消停点，我们也轻松些。”

“你就不怕我下毒？”

霍敏看着他，说道：“既然你都布好了杀局，何必多此一举来下毒？”

林涛一击掌：“单刀赴会，真是好气魄！怪不得当年刘芸那么喜欢你。”

霍敏一口喝光杯中红酒，一擦嘴，饭吃饱了，该聊正事了：“林涛，刘芸在哪儿？”

林涛侧过耳朵：“什么什么？你问我刘芸在哪儿？我老婆在哪儿，关你什么事儿？!”

霍敏道：“林涛，有什么花样，直接点。”

林涛盯着霍敏，一字字道：“我要白可青！”

“白可青涉嫌在我国境内从事犯罪，已经依法羁押，你别做梦了！”

林涛一挥手：“你开个价。”

“林涛，这个世界上不是什么都能用钱买到！”

“如果我见不到白可青，你也就别想见到刘芸！”林涛恶狠狠道。

“我一直以为刘芸跟了你，会很幸福……”霍敏陷入了深深的自责。

林涛道：“我是很爱刘芸，可是……我更离不开白可青。”

霍敏道：“你什么都想要，哪里有那么多不公平的事？”

林涛道：“这一切都是我该得到的！”

“包括林寿龙的性命？”霍敏道。

林涛表情凝重：“不……如果我不这样做，老头子就会把所有的财产都给他的私生子——林海！”

霍敏轻蔑一笑：“你被白可青洗脑了。”霍敏扔给林涛一张文书。

林涛拿起了文书，上面是林寿龙通过公证立下的遗嘱，他早就安排好寿龙集团的各种事宜，而林涛作为唯一继承人，将接手整个寿龙的帝国。

“笨蛋，林海根本不是林寿龙的私生子，寿龙集团本来就是你的。你父亲最牵挂的人，是你。这可真是利令智昏！”

林涛手开始颤抖："不可能！"

霍敏道："你为什么要发抖？你已经知道了真相！"

林涛道："白可青帮我调查过林海，还有 DNA 匹配报告……老头子从来就不喜欢我，他什么事情都是交托给林海！"

霍敏冷冷笑道："哼，林涛，你是小学生啊？"

林涛呆呆看着前方，落地玻璃外，是光怪陆离的夜晚。他内心已经动摇。

"既然我已经回不了头，你不怕我干掉你？"林涛面容泛起杀气。

霍敏迎上他的目光，笑道："我既然来，就没有想过活着回去！我被你干掉，我会被人称为'英雄'，我这样的草根，就指望着这么一天，光宗耀祖……可是你就不同了，你的财富，你的帝国，都将被打击，我这样的人，还有千千万万，他们会继续抓你！"

霍敏停顿了一下，一字字道："林涛，放了刘芸，自首可以争取从轻！"

林涛道："霍敏，你神气什么？你永远是个失败者，刘芸选择了我，不是你！"他突然站起来，掀翻了餐桌，杯盘四溅，一众打手围了上来，手上刀斧闪耀。

霍敏大喝一声，与众人翻翻滚滚打了起来。

霍敏掏出通信耳机："珊珊，好了没有？这儿打几十个！"

"马上到！"罗珊珊和干警们已经追踪到霍敏的行踪，车辆围集到了大楼之前。

“林涛，你跑不了了。居然想甩掉国安局的外线，简直是痴人说梦！”

“你也别想活着出去！”林涛抓起一支手枪，对准了霍敏，“胜利永远是我的！”

“啪——”枪响了。

被击中的，是林涛！他手中枪落地。

他惊愕地盯着霍敏。经过了层层的安检，这霍敏哪里来的武器！

霍敏说道：“我是不是说过，你什么都想要，这世界上哪来那么多不公平的事！”他手上拿着的，是白可青的象牙手枪，这种手枪本是一对，潘家明有一支。“白可青爱的，是潘家明。”

林涛眼睛几乎都要瞪了出来：“我不信！”

这世界上，最傻的事，莫过于痴心错付。

就像霍敏之于刘芸、刘芸之于林涛、林涛之于白可青，抑或白可青之于潘家明。

“别动！”“别动！”罗珊珊带着干警已经冲了进来，迅速控制了现场。

林涛快速退了出去，他忍着疼痛，钻进了室内电梯。

“敏哥，林涛要跑。”罗珊珊追了上去。

摩天大楼的顶层是一个宽阔的平台，平台正中心停着一台直升机，机上印着寿龙集团的标记。这是林寿龙的座驾，现在已经交到了林涛手里。

林涛跑到飞机面前，拉开了机舱。

罗珊珊第一个追到了楼顶，她看见刘芸处于昏迷状态，困在机舱里。

林涛快速拉动摇杆，螺旋桨开始转动，卷起的大风吹乱了罗珊珊的头发，吹得她睁不开眼睛。

直升机急速拉升。

“一分钟后，你们都要死在这里。”他手上轻轻按下一个射频发射器。大楼外墙开始闪动一些红色的光点。

“不好，林涛彻底疯了。”罗珊珊心想。林涛搭乘直升机离去，准备将霍敏等人全部炸死在大厦里。“得抢到他手里的遥控器才能阻止炸弹起爆！”

直升机已经起飞，逐渐离开地面。

“这小王八蛋嗑药嗑大了！”霍敏追了上来，“让我来——”霍敏快速跑了过去。

霍敏拉住直升机足架，爬了上去。

“原来还是个不要命的主！”林涛急于甩掉霍敏，驾驶直升机乱转。

霍敏翻入机舱内。二人在机舱内打斗，直升机不停旋转，刘芸在后排昏迷不醒。

罗珊珊一颗心提到了嗓子眼。

那林涛已近疯狂，忽然操作直升机往大厦正面撞去，想和霍敏同归于尽。

“一起死吧，霍敏！”

霍敏抢到驾驶杆，直拉上去。林涛趁机勒住他的脖子，一刀捅进了霍敏的背部。决不能放手，刘芸还在机舱里，炸弹的遥控器还在林涛手上。“必须把直升机降回到楼顶平台上。”霍敏心里想。

“谁要和你这种人一起死！”霍敏忍着剧痛，将林涛踢出舱外，林涛重重摔到平台之上，他几个翻滚，向平台外沿滚去，冲击力太大，竟然将楼顶防护玻璃撞碎，他余势不减，直直往楼外跌去。

顶层在十九楼，林涛却不会一跌到底，而是将跌至第十四楼的一个空中露台。这也足足有五六层楼的高度，任谁掉下去都会有生命危险。

这个空中露台是林涛给自己打造的一个精致小花园，他永远想不到，这里将成为他的墓地。

“不好！”罗珊珊大喊一声，林涛要是掉下去，炸弹怎么解除！她扑了过去，在林涛掉落之际，死死抓住他。

林涛大喊：“我不想死！救我！”

罗珊珊喊：“把控制器交出来！”红色光点闪烁频率越来越快！还有 15 秒，炸弹就要起爆。

林涛从上衣兜里掏出控制器，递了上去，就在他的手接触到罗珊珊的那一瞬，他忽然邪魅一笑："霍敏，你还是输了。"他用力蹬向墙面，手上发力，摆脱了罗珊珊。

如果炸弹起爆，包括霍敏在内，大楼里的所有人，都将死掉！

罗珊珊向前一纵，于半空之中抓住了控制器。二人飞快坠落。

"不要——"霍敏大声喊了起来。

这场景和当年的罗法刚何其相似。

"你愿意将你的青春，你的热血，甚至你的生命，献给这伟大的事业吗？"

罗珊珊回首望了一眼霍敏，眼中无限眷恋。

她在跌落之际，按下了控制器的解除钮。大厦外墙闪烁的红色光点随之熄灭。

黑夜归于寂静。

飞机平稳降落到了平台之上，风声和螺旋桨声皆听不见，只剩下霍敏撕心裂肺的哭喊声。他发现自己的世界是聋的，根本听不到任何声音。

他大喊罗珊珊的名字，惊醒了后舱的刘芸，刘芸不解地看着他，不知道他为何会出现在此处，更不知他为何会哭得如此声嘶力竭，她从未看过他如此伤痛，他仿佛失去了全世界！

32 从什么都没有的地方

案件彻底告破了。

案件让每个人的生活都发生了变化。

那名被征用了小破车的女司机叫夏恬，她在案件告破后的第三日，拿着被征用车辆的定损单来找陆晨签字。

夏恬一脸崇拜地看着陆晨："胖哥、车神！你加我一个微信呗。"

陆晨问："干啥?"

"还有电话、生日、家庭地址。"

陆晨有点不耐烦："这是我单位地址。"

"我找你单位干吗呀，车是谁撞的，我就找谁!"夏恬一眨眼，"我赖上你了，车神。"

霍敏的生活仿佛又回到了从前，又仿佛出现了许多变化，他不再和陆晨合租，他搬了新的公寓，基本是三点一线的生活。

锦城的银杏叶已经全部落地，第一场雪落下的时候，霍敏正在逛书店，找罗珊珊喜欢的那个作家的新书《隐蔽的世界》。

书店正在播放着杨宗纬的歌："从什么都没有的地方，到什么都没有的地方，我们像没发生事一样，自顾地走在路上，忘掉了的人只是泡沫，用双手轻轻一触就破。泛黄有他泛黄的理由，思念将越来越薄。你微风中浮现的从前的面容已被吹送到天空，我在脚步急促的城市之中，依然一个人生活……"

霍敏愣愣地听着，入了神。直到单位打来电话，通知他，过几天省委政法委要举办一场政法干警大会演，局里抽调宣传人员进行一场诗歌朗诵，局里考虑到霍敏文笔不错，安排他写一首诗歌，给宣传部门登台朗诵。

"嘀——"他的手机响了，是刘芸的信息。林寿龙身体已经没有大碍，经历剧变之后，他也不再过问寿龙集团的具体业务，林涛死后，刘芸作为法定配偶继承了寿龙集团的部分股份，大管家林海依然恪尽职守，为寿龙集团掌舵。刘芸联系过霍敏几次，无非关心霍敏近况。霍敏没有理会。

那天在摩天大楼之上，刘芸心疼地看着霍敏哭得昏了过去，她知道霍敏的心，已经不属于她了。她内心五味杂陈，感觉松了口气，却又有阵阵失落感。

其实在霍敏和林涛在机舱内打斗时，刘芸就恢复了部分知觉，她感觉非常困惑，这一切像是做梦。霍敏到底经历了什么？他到底是谁？一个小小的律师助理，能上天入地驾驶直升机？

刘芸在微信里问道："霍敏，你到底是什么人？我以前是不是误解了你？求求你给我个解释好吗？"

霍敏拿起了手机："三天后，锦城艺术馆有一场公开的会演活动，你来，你就能找到答案。"

霍敏关上了灯，脑中全是罗珊珊的脸庞，他不怕一个人在黑夜里独行，但他怕的是，有一个人来陪他走了一段，却又离开。

三日后，刘芸如约来到锦城艺术馆，那里正进行着政法大会演。公安、检察、法院、司法、武警、监狱等部门都分别用文艺节目的方式向人民群众展示了队伍风貌。

马上轮到国安局的宣传干警上台了，他们在抓紧时间做准备。一个刚入职的年轻干警正在手机上看着谍战剧，帅气的男主正带着靓丽的女主在侦破案件。一名老干警招呼他快些准备，那小年轻"嘿嘿"笑着收了手机。

下一个节目开始了，五星红旗与党旗缓缓升上了舞台上空。洪亮的声音响起，一名英气勃发的干警带领着身后的一众干警朗诵诗歌。整齐的朗诵声像潮水一样扑来，气势十足。

我们会有流血，

我们也会有牺牲，

但是，

我们从没有惧怕黑暗，
将青春投入烈火，
用气节傲笑死亡。
有人从来不曾开过一枪，
有人从此隐姓埋名，
可是历史不会遗忘。
我愿意将我的青春，
我的热血，
甚至我的生命，
献给这最伟大的事业！
不论任何误解和忍辱，
不管多少岁月与沧桑。
我，
对党绝对忠诚，
保守秘密！
不畏艰难！
不惧牺牲！
为了我所爱的一切，
奉献一生！
如果有一天我不再醒来，
我爱的人啊，
请用五星红旗将我覆盖，

那是我灵魂之上，
最好的行装！

刘芸听着舞台上的朗诵，转过身来，她已泪流满面。

数月后的第二轮 G 峰会如期举行，锦城蓝天白云，人民生活幸福。在峰会上，中国代表向各国代表展示了多项新能源技术，表示有信心解决环境和城市发展的问题，因为环境安全和人类发展息息相关。中国代表的发言获得与会友好国家的一致认可。

病房里，霍敏看了看电视里的国旗，他握着罗珊珊的手，告诉罗珊珊，自己会坚持下去，从事国家安全工作的人，一辈子都会战斗在第一线，一辈子甘当无名英雄。当然，他更希望罗珊珊能早日归队，和他一起一辈子“隐姓埋名”。

医生说，她离苏醒并不遥远，希望总是要有的！霍敏握着罗珊珊的手，心中想，在一个阳光明媚的午后，她会醒来，像是做了一场长长的梦。